井冈翠竹

袁 鹰 ◎ 著

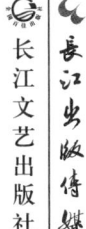
长江出版传媒

长江文艺出版社

图书在版编目（CIP）数据

井冈翠竹 / 袁鹰著. -- 武汉：长江文艺出版社，
2024.6
　（初中语文同步阅读）
　ISBN 978-7-5702-3613-8

　Ⅰ. ①井… Ⅱ. ①袁… Ⅲ. ①散文集－中国－当代②
诗集－中国－当代 Ⅳ. ①I217.2

　中国国家版本馆 CIP 数据核字(2024)第 104285 号

井冈翠竹
JINGGANG CUIZHU

责任编辑：陈欣然　　　　　　　　责任校对：毛季慧
封面设计：陈希璇　　　　　　　　责任印制：邱　莉　王光兴

出版：长江出版传媒｜长江文艺出版社
地址：武汉市雄楚大街 268 号　　　　邮编：430070
发行：长江文艺出版社
http://www.cjlap.com
印刷：武汉中科兴业印务有限公司

开本：640 毫米×970 毫米　　1/16　　印张：10.25
版次：2024 年 6 月第 1 版　　　2024 年 6 月第 1 次印刷
字数：120 千字

定价：26.00 元

导读：一卷炽热的家国之歌

宜昌市教育科学研究院　刘晓磊

本书汇集了袁鹰先生的散文与诗歌精品共 35 篇，其中散文作品 31 篇，诗歌作品 4 篇。全书内容广泛，涵盖革命情怀、历史变迁、山河气象等多个领域。通过袁鹰先生的笔触，我们可以深刻感受到他对革命英雄的崇高敬意，对历史遗迹的深沉感慨，对自然风物的独到见解，对劳动人民的热情赞美。这些作品不仅展示了袁鹰先生深厚的文学造诣，也为我们提供了理解历史和文化的独特视角。

《井冈翠竹》一文作为全书的开篇之作，不仅在革命文学作品中独树一帜，更是历史与文学完美融合的典范。在深入研读时，要着重关注以下几个方面，以便全面把握文章的深刻内涵：

1. 关注历史背景

这篇散文并非对自然风光的单纯描绘，而是包罗了丰富的红色文化和历史底蕴。因此，我们需要对井冈山的历史地位及其在中国革命中的重要意义有所了解，才能更准确地把握文中"翠竹"所承载的革命精神和英雄气概。

2. 含咀语言意蕴

袁鹰先生的散文语言优美，意蕴隽永。我们应细细咀嚼每一段文字，特别留意那些用来形容井冈翠竹的生动比喻和拟人化描述。通过这些细腻的笔触，我们可以更好地体会作者对革命先烈的敬仰之情和对自然历史的深刻认识。

3. 形成情感认同

在阅读过程中，我们应感受并捕捉字里行间流露出的情感，理解作者对井冈山革命历史的深情回顾，以及对"翠竹"所象征的革命精神的赞美。同时，我们也应思考这种情感和价值观在当今社会的意义，以期从中获得启示和借鉴。

把握了这三个方面后，再去理解书中其他篇章便可以更加游刃有余——

在历史题材的篇章中，袁鹰从岁月的长河中选取了富有代表性的支流，通过深入浅出的叙述，将那些遥远的事件、遗迹、人物呈现在读者面前。他不仅仅是在讲述历史，更是在通过历史来反思现实，启示未来。他的文字中充满了对人类的关怀和对社会的责任，让我们在品味历史的同时，也思考着如何更好地面对现实和未来。《墓前》一文中为祭奠鲁迅而留下的铿锵话语值得好好咀嚼；《西安二题》将古诗中关于"灞陵"和"虾蟆陵"的描述与现实中的情形映照，突显社会的发展；《青山白铁之间》借写参观岳飞墓，抒发了一系列关于精忠报国的思考；《燕台何处》由对燕台古迹的几次考证，联想到关怀当今知识分子……在阅读此类散文时，我们需要关注历史背景，理解文章所提到的历史事件或人物，结合现实感受，以更加全面、客观地理解此类历史题材散文的价值。

在自然题材的篇章中，无论是对壮丽山河的描绘，还是对劳动人民的颂扬，对日常生活的感触，都展现了袁鹰敏锐的观察和深邃的思考。《天山路》和《七里山塘》以细腻的笔触分别勾勒了连接新疆与祖国心脏的天山路和苏州城内宛如山水小品的七里山塘；《荆条蜜》《筏子》《戈壁水长流》和《青春路》等篇章更是生动地刻画了怀柔山区的青年养蜂员、羊皮筏上的艄公、吐鲁番的老坎儿井匠以及共青团农场的青年等劳动人民，赞美了人性的光辉；《柳叶》一文巧妙地借助友人探病时所携带的平凡柳叶，让我们感受到春天的温暖气息；《萧山杨梅》则通过帮助金老师整理图书的经历，让我们领略到杨梅的独特风味……在研读这些篇章时，我们应当聚焦于所描绘的自然元素，品读这些自然元素的深层意义，品味文章的深刻主题。

书中还收录了袁鹰先生的四首诗歌，分别是《时光老人的礼物》《为家乡画图样》《和太阳比赛早起》与《彩色的幻想》。这些作品展现了袁鹰先生对生活的深刻洞见和对时代的热情讴歌。《时光老人的礼物》以哲理性的笔触，提醒我们珍视每一个瞬间，以理智审视过往，用勤奋把握现在，坚定地迎接未来。《为家乡画图样》以满腔激情呼吁我们共同为家乡的繁荣发展贡献力量。《和太阳比赛早起》则展现了诗人对清晨太阳的热爱与崇敬，以及他对生活的无限热情。《彩色的幻想》则以斑斓的笔触，描绘出一个充满希望与梦想的世界。在阅读诗歌时，我们可以通过朗诵去领略语言的优美音韵和激荡情感，体会袁鹰先生通过诗歌所传达的对未来的美好期许和愿景。

《井冈翠竹》不仅是一本文采斐然的作品集，更是一卷炽热的家国之歌。通过这本书，我们可以驰骋文学的疆域，感受历史的厚重和革命的激情；还可以跨越时空的界限，汲取精神的滋养和智慧的火花。愿我们在这段阅读旅程中，收获知识，陶冶情操，努力成为具有深邃思想、炽热情怀和坚定担当的新时代青年，将这份家国之情永续，为社会的进步和文化的传承贡献自己的力量。

目 录

散文卷

散　文　卷

井冈翠竹

井冈山五百里林海里，最使人难忘的是毛竹。

从远处看，郁郁苍苍，重重叠叠，望不到头。到近处看，有的修直挺拔，好似当年山头的岗哨；有的密密麻麻，好似埋伏在深坳里的奇兵；有的看不久，却也亭亭玉立，别有一番神采。

"井冈山的竹子，是革命的竹子！"井冈山人爱这么自豪地说。

有道是："天下竹子数不清，井冈山竹子头一名。"

是的，当年用自己的血和汗保卫过第一个红色政权的战士们，谁不记得井冈山上的翠竹呢？用它搭过帐篷；用它做过梭镖；用它当罐盛过水，当碗蒸过饭；用它做过扁担和吹火筒；在黄洋界和八面山上，还用它摆过三十里竹钉阵，使多少白匪魂飞魄散、鬼哭狼嚎。如今，早就不再用竹钉当武器了，然而谁又能把它们忘怀呢？

你看，那边山路上走来了两位老表，一人提着一只竹筒。这是什么？这不是红军的硝盐罐吗？要不，是给山头的红军送饭来了吧？这两只小小的竹筒，能引起老表们想起冲过白匪封锁线冒着生命危险送上山来的粮食，想起山上缺粮的年月。那时，红军每天每顿只能用南瓜充饥，但是同志们仍然意气风发地唱："天天吃南瓜，革命打天下！"

你看那行毛竹做的扁担，多么坚韧，多么结实，再重的担子也能挑得起。当年毛委员和朱军长带领队伍下山去挑粮食，不就是用这样的扁担吗？他们肩上挑的，哪里只是粮食？挑的是中国的无产阶级革命！我们的老一辈无产阶级革命家们，正是用井冈山的毛竹做的扁担，把这关系全中国人民命运的重担，从井冈山出发，走过漫漫长途，一直挑到北京城。

毛委员和朱军长下山去了，红军下山去了。井冈山的毛竹，同井冈山的人民一样，坚贞不屈。血雨腥风，毛竹青了又黄，黄了又青，不向残暴低头，不向敌人弯腰；竹叶烧了，还有竹枝，竹枝断了，还有竹鞭，还有深埋地下的竹根。"野火烧不尽，春风吹又生。"一到春天，漫山遍野，向大地显露着无限生机的，依然是那一望无际的翠竹。

毛竹年年长，为的是向敌人示威；井冈山是压不倒、烧不光的。毛竹年年绿，为的是等待亲人，等待当年用竹筒盛水蒸饭、用竹钉竹枪打白匪的红军，等待自己的英雄子弟。朝也等，暮也等，等了漫长的二十年。二十年过去了，毛竹依旧是那么青翠，那么稠密，井冈山终于换了人间！

为了叫井冈山变得更快，党派来了两千好儿女，同井冈山人民一起开发这座万宝山。他们上得山来，头一件事就是来竹林里，依靠这青青毛竹盖房落脚；他们踩着当年老红军的脚印，攀山过岭，用竹筒盛水蒸饭。一眼望不到边的毛竹，成年累月地藏在深坳里，据说有一千多万根，轮流砍伐，是永远也砍不完的。

如今，你若是在井冈山许多山坳走过，便能看到一条条修长的竹滑道。它们几乎是笔直地从山顶上穿过竹林挂下山来。这便是英雄的井冈山人的业绩。他们在竹林里送走了几百个白天和黑夜，用竹滑道，用水滑道，送出了一百多万根毛竹。这一百万根毛竹，流去了井冈山人多少汗水，是无法计算的。为了搭起滑道，他们翻越了多少陡峭的悬岩绝壁；为了找寻水路，他们踏遍了多少曲折的幽谷荒滩。冒着大风雪，二百多青年男女来到离茨坪六十多里的深山，要在那周围二十多里没有人烟的林海深处，完成砍伐三十多万毛竹的任务。漫天风雪，封住山、阻住路，却摇撼不了人们的意志，扑灭不了人们心头的熊熊烈火。风雪一天比一天大，人们的干劲一天比一天猛，砍下的毛竹一天比一天堆得高，为竹滑道修的架在两座高山之间的竹桥，也在一天比一天往上长。杜鹃花开满山头的时候，英雄们终于唱着凯歌，欢送着亲手砍下的那三十万根毛竹，让它们沿着满山绕的滑道，一路欢唱着飞下山去了。

你看，你看，这不是又一批新砍的毛竹滑下山来了吗？这些青翠的竹子，沿着细长的滑道，穿云钻雾，呼啸而来。它们滑下溪水，转入大河，流进赣江，挤上火车，走上迢迢的征途。井冈山的翠竹啊！去吧，去吧，快快地去吧！多少工地，多少工厂矿山，多少高楼大厦，多少城市和农村，都在殷切地等待着你们！

井冈山的翠竹啊，你是革命的竹子！你永远那么青翠，永远那么挺拔，风吹雨打，从不改色；刀砍火烧，永不低头——你是英雄的井冈山的象征。

1960 年 10 月，井冈山

泥河（外二章）

而今识尽愁滋味，欲说还休……

——辛弃疾

日子像一条污浊的泥河。

从午夜到午夜，泥河里的黑水，迟重地、缓缓地流，从不停止。

泥河里有无数生命的小船。小船吃力地扬起自己的帆，棕色的，灰色的，被风吹日晒已经辨不清什么色的，摇着，摇着，走得好累啊。

有些小船在泥河里晃动颠簸，终于沉没了。

小船翻沉了。小船的主人们还没来得及看清自己的不幸遭遇，就悄然翻沉了，无声无息。或许，也有点声息，但是谁也没有听清。

我也有过我自己的小船，我的小船是更简陋的。我用血和泪和成的漆涂在船上，还有我的幻想，我的希望，我的梦。

可是，一到泥河里，这一切都没有用。一切都是黯然的，还沾上许多污垢。

谁给我安排下泥河般的日子？我又是怎样来到的呢？

我茫然，悚然。

我翻开我的手记，想从那里找寻一些失落的旧梦，一些往昔的痕迹。我一页一页地翻过，如同幼小的孩子从自己珍藏的纸盒里找寻一枚旧分币、一颗纽扣、一段铅笔头、一只玻璃球……

可是，那上面除了潦草的字迹，还能找到什么呢？

日子真不知道怎样过去的。这七八千个日夜，如同无休无止的折磨。

日子原是一条污浊的泥河。

我也曾有过一些奇异的梦幻，正如无数小船的主人们一样。我梦见小河里不再有污浊的黑水，而是清澈见底的碧流，微风吹过，有一片片绿绸般的涟漪。我梦见小河绽开白色的莲花，有翠绿的浮萍陪伴着，有如西子湖在夏秋的夜晚。

小船就在碧水白莲中静静地流淌着，流淌着，双桨摇碎了水底的明月……

远处有一星两星渔火，有歌声。

然而，谁能将梦境变成现实？能将梦境变成现实的人，你又在何处呢？

污浊的泥河哟，你究竟要流到何年何月？

生　活

忧郁将我从千里外的家乡的土地上摘下，像西风扫秋天的黄叶似的，抛到这块纷烦而又寂寞的城市一角来。

我就这么孤独地生活了。

生活之梦是苦涩的，我不断吞咽着生活的苦泪。

也曾在人前勉强地装起笑容，听别人美丽的、骗人的谎言或者由心底发出的真实的同情。有时，不得不违心地用自己的故事去赢得别人的眼泪，换来一些廉价的怜悯。

真诚地伸出援助之手的人，当然也有，然而，这种真诚的朋友，毕竟太少了。

麻木地看着人间的种种喜剧、悲剧、闹剧，丑剧、滑稽剧、荒诞剧，似乎老也串演不完。

生活难道真是一连串的谎言吗？

我不愿相信。

也曾在蒙眬中睡去，不久，就入梦了。

梦中无岁月，轻悠悠地，片刻间行遍天涯海角。

梦中无白发，总是那么年轻，那么无忧无虑。

梦中无别离，总是相聚、相亲，连久别的人，相距几千里的人，都可以欣然把晤。

是谁将我从梦中唤醒？是谁又催我入更朦胧的梦境？

醒来了，仍旧在斗室中。我惆怅于窗外溶溶的残月。倚在枕上，缅想梦里风华，不禁潸然泪下。

我不要这样的梦，即使它是美丽的。

也曾独自徘徊在街头巷尾，独自咀嚼孤独的果子。街头霓虹灯闪烁，像鬼怪的眼睛。陋巷则沉默得像石块。

这个城市里有不少古旧的建筑，中式的，西式的，颤颤巍巍站在那里。这个城市里也有不少古老的大树，摇摇晃晃靠在路边。

它们如同一些俯仰身世的老者，在落寞的阴暗里显得更加低回欲绝。

轻轻地，我谛听自己的脚步声。

我在心的深处向它们告别。

也曾蹒跚地在夜晚踏进小酒店，惊醒正在瞌睡的伙计，于是将自己浸在昏黄的灯光里。

我从来不是酒徒，也不想借酒浇愁，借酒浇愁愁更愁哟！实在的，在那昏黄的灯光下，在浑浊的苦杯里，也许一切都会忘记，暂时地忘记。

微醺中，眼前会突然出现一片清净，一片蓝天。童年时，我常常突然出神地望着蓝天，望蓝天的白云和小鸟，让自己的心跟随它们飞得老远。

如今的清净和蓝天是虚幻的，是醉眼中的朦胧。眼睛只消轻轻一眨，它就不存在了。

于是，带着失望，踏一街凉月归去。

也曾敲遍一个个心灵之门，企望从那里面取得一些人间的温暖，听到一些知心的回声。

然而，这温暖和回声为什么这么稀少，这么遥远？

一座一座门都关闭着。

有的门打开了，露出来一张张冷酷的、诡谲的甚至奸诈的脸。

我仿佛已经听到那蔑视和呵责的声音。

遂一再一再地背了人面，独自吞咽下生活之苦泪。

但我仍然固执地叩击着门扉，希冀有对我敞开的时候。

希 望

幼年时候，常爱怀着一颗喜悦的心，在小天井里，向着蔚蓝的天空，吹去一串串小小的肥皂泡泡。

肥皂泡泡悠悠地升上去，升上去了。太阳光为它们闪出各种颜色。

于是欣喜地去唤妈妈，唤祖母，唤姐姐……

不等到她们出房来，肥皂泡泡已经幻灭、消失了。

遂怅然站立在寂寞的小天井里，对着蔚蓝的天空，许久，许久。

长大以后，不复有这种兴致，然而，心里依然为希望所鼓舞。当弟妹们、邻家孩子们吹肥皂泡泡的时候，我从没有摧残他们的喜悦。虽然，仅仅一分钟两分钟以后，就会在他们脸上找到一丝阴影。

有希望、有幻想的人，总是幸福的。

我做过一百回梦，因此也得到一百回空虚。

这些年来，几乎消磨尽了年青时的心情，我曾将哀愁密密地写在纸上，寄给一个远方小城的朋友。秋天，我接到回信。他说："希望原是写在水上的。"

我懂得他的心。放下信，仍然若有所失，轻轻地叹息。

难道真是那么渺茫？

长久以来，我不是正期待着有一朵金色的蔷薇加到我的头上，如同在生命里埋下一颗充实的种子？

是的，我原是一个寂寞的播种人。从早到晚，在荒漠的土地上撒下一把又一把种子，伴着希望，也伴着汗水。

风吹，雨打，霜降，雪落。

风雨霜雪中，终于有青青的萌芽出土，有白色的、红色的小花绽放。你说，这该给予播种者多大的喜悦呢？

虽是渺小的存在，渺小得有如大湖里的一片浮萍，大漠中的一丛绿草。可是，谁又能否认它不是黯淡天地中的一线生机呢？

播种人孤独地笑了。

不，他不孤独。在他的前面、后面，在他的旁边，有无数个同伴，都在向荒漠的土地撒下种子，一把又一把。

希望毕竟不是写在水上，而是写在泥土里。

我不禁对着萧萧的秋天歌唱了。

1943 年深秋之夜，沪西

墓　前

今天，我们又来到墓前。

这座墓园，我们记不清来过几次了。忧愁的时候，悲哀的时候，颓唐的时候，愤怒的时候，我们都会首先想到它，相约着便走来了。

墓园总是寂寞荒凉，难得见到几个人影。

但是我们一点不感到寂寞。我们都知道，墓中长眠的人同我们在一起。

他活在我们心里，活在许多许多人心里。虽然那许多许多人不一定全能到他的墓前来。

我们在墓前站定，肃立，默哀，跟往常一样。

好像都有许多话要说，可是谁也不说一句。只听见西风扫落叶的声音，沙沙沙，沙沙沙。

不约而同，都觉得这时候静默最好，最能表达我们对墓中人的崇敬。

墓碑上有他的遗像，也跟往常一样，静静地望着我们。

他在等待我们向他说一点心里话吗？

跟往常一样，S君先开口，也跟往常一样，背了一段他的话：

生命不怕死，在死的面前笑着跳着，跨过了灭亡的人们向前进。

　　什么是路？就是从没路的地方践踏出来的，从只有荆棘的地方开辟出来的。

　　以前早有路了，以后也该永远有路。

　　我们都明白，为什么S君背他这一段话。因为在来的路上，大家有过一阵关于路的争论。

　　在我们几个人中，S君最熟悉墓中人的思想和著作，这是大家公认的。所以每回都由他先开口。

　　他一开口，就会引起大家的思索。

　　今天，他背了一段之后，大家没有接下去，都沉默着。

　　又听见西风扫落叶的声音：沙沙沙，沙沙沙。

　　终于，D君急促地叫起来：

　　沉默呵，沉默呵！不在沉默中爆发，就在沉默中灭亡。

　　D君有同我们不尽相同的生活遭遇。如果说我们都在啜饮着生活的苦酒，那么D君的该是最苦的一杯。

　　L君是最熟悉D君的。他朝这位好朋友看了一眼，说：我也来背一段吧。

　　世上如果还有真要活下去的人们，就先该敢说，敢笑，敢哭，敢怒，敢骂，敢打，在这可诅咒的地方击退了可诅咒的时代！

他背的这一段格言，是我们几个人经常传诵也最喜爱的。我们都把它抄在日记本、纪念册上，或者挂在墙壁上，作为座右铭。

似乎轮到我了。我说什么呢？
我想到常常读的那篇《记念刘和珍君》：

> 真的猛士，敢于直面惨淡的人生，敢于正视淋漓的鲜血。
> ……
> 苟活者在淡红的血色中，会依稀看见微茫的希望；真的猛士，将更奋然而前行。

就这样，我们有时在墓前徘徊，有时坐在野草丛中，有时倚在树干上，咀嚼着逝去六七年的伟人留给我们的箴言，用心底的誓愿，纪念他……

夕阳将我们的影子拖得更长了。整个墓园罩上一层黯淡的暮色。
我们从野草丛中站起身，向墓地告别。
S君说最爱读他的散文诗，其中尤其爱读《野草》。于是他琅琅地念起来：

> 我自爱我的野草，但我憎恶这以野草作装饰的地面。
> 地火在地下运行，奔突；熔岩一旦喷出，将烧尽一切野草，以及乔木，于是并且无可朽腐。
> 但我坦然，欣然。我将大笑，我将歌唱。

我们告别墓前，在黄昏中踏上归途，像往常一样。

我们还会再来的。

我们盼望墓地上栽满松柏，铺满鲜花，而不只是野草；在松柏和鲜花间，举行一次千千万万人参加的祭奠。

一定会有那么一天。

"我将大笑，我将歌唱。"

1943 年深秋，万国公墓归来

灯的故事

一、灯前

擦起一支火柴，淡黄色的灯光遂划破苍凉的暮色，海上水雾一样的、香炉里氤氲的青烟一样的暮色，而让静谧的屋子蒙上了一层薄薄的淡黄色的细网了。

对着孤灯如豆，看着微微地颤抖着的火光，我感到寂寞。

是的，是寂寞在啃嚼着孤独者那颗痛苦的心。

听着街头渐渐地沉寂，一些脚步声踽踽地由远而近，又由近而远。我知道这天的日子，又在踏上它悠绵的行程，去到遥远的不能见得的地方去了——这无穷无尽的日子……

我该怎样消磨这一个寂寞的夜晚？

不时地走到窗前，望望窗前，望望窗外的街灯，然而街灯也是沉默的，有如一些苍白的沉默的眼睛。

那上面是黝黝的天空，没有月亮，也没有星星——有一颗，我知道那是黄昏星。

我希望有夜间来访的客人，一个朋友，或是一个远地的归客，然而没有。街头连脚步声也不听见了。

于是我在台子边坐下，支着头，在灯前，在寂寞里……

我该怎样消磨这一个寂寞的夜晚呢？

二、更夫和风雨灯

我想起了丁贵，那个小城里的更夫，还有他的那盏风雨灯。

凄冷的梆子声在黑夜里响起，更夫丁贵从深巷里走来了。每夜，提着那盏风雨灯，跟白昼里的一个卜者一样，从长街到深巷，从深巷到长街，为这小城送来一点声音；叩问着人们的梦，也催促人进入更朦胧的梦里。披着满身的星月，从黑夜走到天明……

"你不感到惧怕么？"我问他，在某一夜，梆声敲过我窗下的时候。

"走夜路的人是不会怕什么的。"他安静地回答，"而且，我还有这个。"

他举起那盏风雨灯。

"有它在，我什么也不怕的。"他向我点点头，走上他的路。

是的，风雨灯给他以安慰，给他以力量。

三、长明灯

记忆里亮起一盏长明灯，小城外那个大庙里的不灭的火。

长明灯供在金身佛的前面，庙里的僧人向每个游客说：

"从有这寺庙起，长明灯从不曾灭过。无数的人们不断地送香油来，让它永远点下去，永远亮下去。"

"要是熄了呢？"有个孩子不懂地问。

"要是熄了，"僧人脸上突然严肃起来，"那就世界大乱，人类遭受大劫，昏昏沉沉，没有天日。千万不能让它熄的，不能让它熄的。你看，从古以来它就没有熄过，而且，它也是永远不会熄的。"

僧人的话往往是无稽的。然而这盏长明灯确是没有熄过，且不必说过去遥远的岁月，单是从我看见它来，每次到那庙里去，长明灯总是亮着。小城的人们心头都亮着这一星长明的火。在它那里似乎寄托着希望和期待。他们真的觉得，只要长明灯亮着，他们总会过到好日子么？庙里的那个僧人说："菩萨是有眼睛的。"这是真的么？

离开小城十年了，愿向归去的风，致一片怀念。我很难说我要祝福于那盏长明灯，但我一定要以最大的诚意，祝福于小城里千千万万善良的人们。

四、灯塔

想象飞驰到夜的海滨，那儿耸立着一座灯塔。

该感谢第一个筑灯塔的人，默默地保护也不知救了多少人的生命。孩提时读过的书本上，曾有一个灯塔的故事，一位老人和年青的女儿曾怎样在浪涛里，在深夜里，以微弱的力量击退大海和黑夜的袭击，而使一船旅客从死神的手掌下重回到人世间来。

向孩子们讲这个故事的时候，曾引起一些同情、敬慕和兴奋的。

"后来呢？后来怎样呢？"孩子们惯常在故事结束的时候，这样地问。

"后来没有了。"我说，"被救的人们一个个地回到他们自己的家乡去，剩下那一对父女依旧在那座灯塔里。"

"没有人陪着他们么？"有人好心地问，"他们只有父女两个，多孤独！"

"有谁陪他们？"我回答，"而且，灯塔里的人总是孤独的。陪着他的只有那盏灯。"

亲爱的朋友，当你有一天旅行在大海上的时候，白昼里在甲板上看着那一片无垠的波浪，夜晚在几层楼上的大厅里听音乐、跳舞、喝咖啡，一点也不觉得你所乘的这只邮船正在黑夜里继续它的航程的时候，你可曾想到海滨上默默地帮助着你们的灯塔和灯塔里面孤独的守夜人？请多多为他们祝福吧！

五、蛾和萤

夏夜的油灯旁常有一只美丽的银白色的飞蛾，环绕着颤抖着的灯火。

飞蛾先前也许停在什么看不见的角落里，一看见火光，它从黑暗里飞过来了，绕着淡黄色的灯火，飞着，飞着，飞近了。

终于，嗤的一声，灯火亮了一下，飞蛾挣扎了几下被烧着了的双翼。最后，再没有力量了，静静地躺在碗口的灯油里了，一动不动地，让油浸透了银白色的双翼和身躯。

可怜的殉身者啊！你满怀热情和喜悦飞向灯光，却让灯光毁灭了自己。

我又想起另一种夏夜的英雄：萤火虫。幼年时常是央求着大人想法子捉来放在纱袋里，唱着：

> 大麦楷，小麦楷，
> 萤火虫儿飞下来！
> 不打你，不骂你，
> 玩玩就放你。

于是老辈为我们说了一则有人用萤囊读书的故事——那是用来当灯的。

飞蛾渴望着灯光，因此在火里牺牲了自己，这是一个美丽的故事。但萤火虫，多凄惨的遭遇哟！它为人们带来了光，甚至还帮助了清寒的士子在夏夜里读书，然而人们却捉它关在纱袋里，它自己又何尝见到那一点点的亮光？

六、尾声

梦醒了，伴着我的依然是一灯如豆。

有人说灯是光明的象征。可是，我是一个平凡的人，在面前这微弱的灯光下，我还没有想到那么多。枯坐了这许多时候，我只是感到那个普罗米修斯盗来的圣火也曾燃起了心头的温暖。虽是寂寞，然而有灯在陪着我，我想起那个小城里的更夫丁贵的话。

"有它在，我什么也不怕的。"

让我加一些香油，换一根灯草，再向你说几个灯的故事吧……

1944 年秋天，上海

望春草

你可曾听说过望春花的故事？望春花开放在春天没来的时节。到了春回大地，它却悄悄地枯萎了，让自己的残红伴着春光。

春　讯

推开窗子，小天井上空有一块蔚蓝的天。

有风缓缓地吹来，吹到脸上，头发上，吹到衣服上，带来一丝丝异样的感觉。

算时候，原也该是春天了。

我曾度过不少的冬天。在那悠绵的、寒冻的日子，我蜷缩在阴暗的古屋里，听着窗外的北风摇撼着枯秃的梧桐，我的心也被摇撼着了。灰色的天空中，偶尔飞过一两只惊慌的小鸟，惶惶然，有如灾难临头。望着小鸟，常是不自禁地闪起了一些战栗。

"我可是已经冻僵了？我能等到春天吗？"我有点焦急地问自己。

没有回答。只有北风摇着窗子，打起尖锐的唿哨……

我又一次问自己。这次似乎从遥远的心灵深处有了回响。我听不清回响的内容，但的确有了回响。证明并没有冻僵，而且的确来自心灵深处。

我终于等到了春天。

蔚蓝的天上飞来一只白鸽，那该是春天的使者，带给人间一些春讯。

"我也要做一个使者。"我向鸽子说。

我从青山绿水间饱吸了春天的气息。我将春讯告诉了蚯蚓，告诉了蜜蜂，告诉了小草，告诉了垂杨。我将春讯告诉了上学去的孩子，牛背上的牧童，街头的卖唱人，我也将春讯告诉了大街小巷的过往行人，告诉了待产的孕妇，告诉了默默地为春天工作着的人们。

归来，我辛苦地做了一个梦。

梦里，有杜鹃花开遍的春山，有黄鹂鸟啼彻的柳堤；蒙蒙细雨里，有横倚在牛背上披蓑吹笛的牛郎，而茫然间仿佛自己就是那无忧无虑的牧童了。虽然我原不会吹笛，也不曾骑过牛。

醒来时，依然在斗室里。窗外虽也不知什么时候飘起了雨丝，然而既没有花香，也没有鸟语。堵在窗口的，依然是邻家那块灰墙，淋了雨，更显得深一块浅一块的，像死鱼似的颜色。

这真是场梦吗？人说春梦无凭，我的梦飞得太远了吗？

我分明嗅到花香，我分明听到鸟语，我分明见到双双的燕子呀！

这不是梦，这是渴望，这是对春的企求。

是春讯引起的渴望，是春讯引起的企求。

青　芽

天井里的石板缝里，透出一条条蚯蚓似的泥土。这几天来，渐渐地有几株青青的苗芽冒出土来。

我从心底感激播种者。是他为我的小天井里送来了春天，空间虽小，谁能说这不是灰点点小天地里的一线生机，一点青青的颜色？

是谁播的种呢？是飞鸟不经心地丢下的，还是蚂蚁的成绩？而再想想一冬天，我不曾见到一丝些微的痕迹。泥土冻着，像灰褐色的干死的蚯蚓。

我欢呼了，我在小天井里发现了春天。

我渴望着能出现更多的青芽。我找呀，找呀，找遍了每一条蚯蚓似的泥土。

可是，没有。

失望么？不，一点也不失望。

我只是恨恨于自己力气小。否则，我将掀起那一块块石板。石板底下，我相信一定会找到更多的青芽。在石板底下，青芽一样地会冒出土来，会长大的，即使是曲曲弯弯的。

石板底下也有春天！

天井里终于有盎然的绿意了。

我爱这弱小的青芽，我为这小生命洒了水。

一只不知名的小鸟飞落在墙上，对着小小的青芽啁啾了一声，是呼唤它快点成长开花吗？

燕　子

"燕子归来寻旧垒。"

东风早就吹起，枯枝早已发青，燕子该回来筑巢了吧？

可是，一天过去了，又一天过去了，至今不见去年的燕子归来。

年年，常是两只紫裳的燕子，在檐前含泥啄草，点缀着黯淡的春光。

都市里的泥和草全不多，要营造小小的巢并不容易。

然而燕子忙碌着，不知疲乏地忙碌着。

也许一阵无情的风雨，也许一只攀檐上屋的野猫，也许住在阳台上的淘气的孩子，都能使小小的燕居毁于一旦。

燕子却全不介意，似乎也不担忧，它们快乐地忙碌着。在这小小的巢中，它们送走了春光，哺育了雏燕。

在一个萧萧的秋日里，燕子翩翩地飞走了，飞到远方去了。

从此，杳无消息，再也看不到它们归来。

主人热切地盼望着，耐心地等待着，终不曾见那一双熟悉的燕子掠过辽阔的天际，回到旧居来。

我怀念着，不安地怀念着。

我呼唤着，深情地呼唤着。

燕子，你在哪里？你在哪里呀？

我要问蝴蝶，问飞鸟，问东风，飘过陌上的时候，可曾见到那双翩翩的紫燕？

几时才能回来呢，远方的燕子？

枯　枝

枯枝曾在秋天里落尽了你的黄叶。

北风呼啸的日子，几次地摇撼你的躯干。一阵一阵的北风啊，几乎要将你的躯干折断了，可是，你抖擞抖擞身子，又亭亭地直立了。

大雪逞威的日子，几次地压盖你的手臂。一次一次的大雪啊，几乎要将你的手臂压弯了。可是，你舒展舒展长臂，又缓缓地伸平了。

尽管黄叶落满了荒园，尽管寒冷笼罩了世界，你总是顽强地活下去。

你在寂寞里度过一个秋天，又度过一个冬天。

如今，枯枝上终于长出了嫩叶。

新的嫩叶，长在枯秃的枝干上，嫩嫩的，绿绿的，在春天的阳光下笑着。

枯枝在春风里轻轻地摇曳。

望着新生的一代在自己的伤痕上成长，你难道没有点喜悦？

你没有白等。寂寞和哀愁换得了希望，无穷无尽的希望。

荒园依然是冷落的么？野草很快会茁长起来的。"春风吹又生"，春风不早就吹着么？——而且一阵比一阵猛烈。

到明天，这枯枝底下，又会响起放纸鹞的孩子们的脚步声了。

尾　声

东风夹着些野花香吹来，使生活在大都市的人闻到了泥土的气息。

东风吹开了人们枯寂的心，使万物从冬眠中苏醒。

在漫长的冬日，我没有忘记雪莱诗句：

> 如果冬天已经来到，春天还会遥远吗？

是的，春天原不是遥远的。

它就在我们身边。

如今，它的脚步近了，近了。……

我也听到了《日出》里那个梦想家方达生的声音：

> 你看！外面是太阳，是春天……

1945 年早春，上海景华新村

24

西安二题

灞桥杨柳

大约是由于那许多吟咏古长安的诗句的记忆，那许多对汉唐诗人们绝代风华的缅想，那许多对社会主义时代新西安的向往，才使我如此迷恋这座历史名城。火车开出西安车站的时候，我的心情，就像在旅途上不期然地遇到久别的故人，还没来得及细谈，来不及细细咀嚼那种说不出的滋味，就匆匆地握别了，真是："众里寻他千百度，蓦然回首，那人却在灯火阑珊处。"——虽然我是初到西安。

这时候，列车播音员宣布：前面就是灞桥车站。

灞桥！

多少诗人为你写下了无数缠绵绮丽的诗篇。最先来到我的记忆中的，是"年年柳色，灞陵伤别"。然而，李白的这两句词意同目前的情景是多么不相称啊！当火车轰隆轰隆地从灞水铁桥飞驰而过的时候，我看到了在铁桥的南边，有一座低得几乎像贴在水面上的颀长的石桥。这就是灞桥。桥上，人马往来，络绎不断。那些堆满了麻袋的大车，不正是农业合作社今年的丰收果实么？自行车一辆接着一辆，在桥上走得那么慢，它的赶着要下乡去的主人一定心急了吧？穿着花衣服的健壮的妇女，急急忙忙跨过桥去，是到西安城里去办事，还是到建设工地去探望亲人？

灞水缓缓地流着。两岸的杨柳把婆娑的姿影投在水面上，那么温柔，又那么多情。

火车在几秒钟之内跨过灞水。不等我多看一眼，灞桥和两岸的杨柳，就在一转瞬之间远远地留在后面了。

天上飘着细雨。这细雨使我想起"客从东方来，衣上灞陵雨"的诗句，风光略似，但是我自谓却没有那般潇洒飘逸的情致。"多谢长条旧相识，强垂烟柳拂人头"，我以前并没有到过灞桥，是不能算作"旧相识"的。

我却从灞桥在那一瞬间留给我的印象里，幻想着一个童话：灞水岸上，杨柳树下，站着一位鹤发童颜的仙人。仙人折下柳枝，送与走过灞桥的行人，一枝又一枝，一枝又一枝。行人把青青的柳枝带上征途，把它带到广漠的塞北，带到萧索的黄土高原，带到空寂的海边沙地，带到一切需要青青柳色的地方。从此，从灞桥来的杨柳，在天南地北生根发芽，一行又一行，一片又一片。"年年柳色"，再无须"伤别"了。

我就带着这个虚构的故事，在车轮的催促中，进入恬静的旅梦。

一觉醒来，列车正停在京汉线一个小站上。拉开窗帘，看天色，已是拂晓了。不知道这是哪个车站。就在这列车的近旁，正停着另一列敞篷的货车。你能猜到这列货车装着些什么吗？不是从沈阳来的机床，不是从开滦来的煤块，不是从玉门来的石油，也不是从北京、天津来的新式农具，而是不知从哪里来的一捆一捆、一堆一堆、一车厢一车厢的杨柳枝。

是的，是娇嫩的杨柳枝。它们离开家乡，乘火车移植到远方去。你别看它们如今还是袅袅娜娜，弱不禁风，根部都用蒲包包扎起来，更显得躯体纤细动人。可是，它们跋涉千里长途，甚至还要翻山越岭，它们一定会在新的家乡活下来，而且一定活得更好。

这时候，我忽然想起宋代吴子良过灞桥诗中的两句："请看三丈树，原是手中枝。"诗的意境就比别人高了一层：从一枝嫩苗看到杨柳的明天，这不能不令人感到生机盎然。不是吗，这一列车上的杨柳枝，会使多少片土地罩上一层层的新绿！

这时候，我也才想到我所虚构的那个童话是多么贫乏，也多么可笑。要使沙漠变成绿洲，要使荒山变成果园，要使一望无垠的沙土平原到处有葱郁的丛林，只是靠灞桥的仙人，一枝一枝地折，能顶得什么事！必得用火车，一捆一捆，一堆一堆，一车厢一车厢，风驰电掣，由南而北，由北而南，让青青的嫩枝到处入土生根。这才能在几年、十几年之内，看到千户垂杨，万家烟柳。

虾蟆陵

时间匆促，还有两个小时就要离开西安。来不及去参观那使古城根本变样的工业区，来不及去访问那使西北多少青年人向往的交通大学新校舍，更说不上要去别的什么地方。穿过一些小巷，曾看到一些标着"上海理发"的招牌，听到一些江南口音，但我也不可能去拜访这些远方来的新"西安人"，听他们谈谈支援西北建设的兴奋的心情……这一切，都只有留待将来。西安，我是多么渴望着再来。

偶然翻翻旅囊中的一本二十年前出版的《西安游览指南》（在来时的火车上翻着这本快老掉牙的"指南"，我不止一次地哑然失笑。我自己也不知道怎么会从图书馆里找出这一本书来），翻着翻着，忽然出现一个地名：虾蟆陵。下面注着：即下马陵，在城南。据说明，这里原是汉代董仲舒的坟墓，汉代罢黜百家、独尊儒术以后，帝王出入长安城，到此必定下马，以示敬意，因而也就叫作"下马陵"。久而久之，念破了，便叫作"虾蟆陵"。

我当时就决定去找一找这虾蟆陵。并不是因为对董仲舒有多高的景仰，也不仅为了我的住处靠近城南，更多的还是因为想起了那位"自言本是京城女，家在虾蟆陵下住。十三学得琵琶成，名属教坊第一部"的浔阳江头的歌女，想起了江州司马为之伤心落泪的"天涯沦落人"，千载悠悠，她的旧居还在吗？

我就是带着这种也许使人发笑的心情，从碑林沿着城墙迤逦东行。城南地势较高，一路都是土冈和坡坡，就像走在低矮的城垣上，也许在一两千年前，这里还要高些，要不，杜甫怎么会当"黄昏胡骑尘满城"的时候，"欲往城南望城北"呢？

走在那一带高低不平的土冈上，我禁不住心中暗笑：这岂不是荒唐可笑的事？西安城内外，社会主义建设的足音那么急促，工地上的生活那么沸腾，而我，却去寻找一个一千多年前的、虚无缥缈的遗迹。我到底何所为而去？到底又去寻找些什么呢？难道真希望能像神话似的发现什么奇迹？

一路上绝少行人，真是幽静极了。好容易遇到一个挑着一担青菜的人，问他虾蟆陵在哪儿，他漫不经心地往旁边一指："这不就是！"

顺着他的手望去，这是一个大的庭园。园墙比我们所站的土冈高不了多少，所以围墙里的一切都在眼底了。园子里，除了十几棵高大的杨树以外，几乎没有什么东西。它却又不像久已荒芜的废园，因为地上收拾得干干净净的，像一块树林中的打谷场。

难道这就是那位汉代大学者的墓地？难道这就是唐代笙管繁华的虾蟆陵？我一面疑惑，一面往前走，还想从园子里找到些什么。

啊，你瞧，这不是来了么！一位中年的穿蓝布制服的保育员，领着一群孩子从边门进来了。孩子都一般大，四五岁光景，排着队，高高兴兴走进园来，听得哨子一响，就跳跳蹦蹦地围成一圈，做起游戏来了。做完游戏，就静下来，团团地围住阿姨。那位保育员正在向他们讲些什么，听不清，只看见孩子们个个睁大眼睛，出神地听着。

再往前走，转过墙角，下了土坡，就看见一座大门。门额上嵌着一块尺把长的竖匾：董子祠。门旁边挂着一块白底黑字的长木牌：陕西军区托儿所。大门是开着的，可以看见院子里有一座碑亭，碑上刻的是一篇长文，只隐约看得出四个篆体大字的题目：下马陵记。

人们常遇到这么一种情形，当他日夜企求的东西忽然一旦得到以后，心情却意外平静了。我站在下马陵前，心情正是这样。仿佛这寻找本身就是目的，找到了，也就自然而然地心满意足了。

虾蟆陵，这岂不是你有生以来最幸福的时光吗？在你的曾经埋葬过大儒、响彻过笙歌、涂抹过脂粉的土地上，如今却哺育着崭新的共产主义接班人、革命的后代。看那些孩子们且歌且舞，玩得有多高兴！他们自然还不知道你的历尽沧桑的变迁史，然而，他们一定非常非常喜欢这个美丽的托儿所，非常非常喜欢这幸福的生活。

我带着这种无法形容的快慰离开了虾蟆陵。阳光正洒满大地。人们说，西安的春天来得迟些。可是，这春光是多么好啊！

1956 年 5 月，西安

望京石

居庸关下有一块望京石。据说在天朗气清的日子，站在这块大石上，能够依稀望见北京城。

也许在过去的年代，它确实曾经一次次地维系了、表达了远方人对京都的怀念（虽然距离并不能算远）。但在今天，它也确实引不起来往行人和游客太浓厚的兴趣。人们偶尔站上去眺望一番，也许真能隐约见到德胜门或者安定门外一些建筑的影子，也许只是一片迷蒙的烟树，结果往往是一句极普通的反应："嗯，真能瞧得着一些哩！"或是："什么也瞧不见。"

可是，从祖国四面八方遥望着北京的，难道只是居庸关下的这块石头吗？

我遇到过一些山村的孩子，他们在说到家乡的高山的时候，总爱说："嗨，真高，高到能看得见北京哩！"

对他们说来，望京石就在家乡的高山顶上。

我遇到过一位维吾尔族老大爷，他曾经打算多烤几张馕，上北京去见毛主席。别人告诉他：吐鲁番离北京很远很远。老大爷毫不在意地回答说："那怕什么，骑上毛驴就到了。"

对他说来，望京石就在毛驴背上。

那么，在每一个人的家里，在每一个人的身边，岂不是都有一块望京石么？

望京石，在北大荒的沃野上；望京石，在鄂伦春人和哈萨克人的马背上；望京石，在南海小岛的岩石边；望京石，在苗山和凉山的寨子里；望京石，在高山顶上的气象哨和地层深处的煤矿里；望京石，在偏僻的山村和热闹的水乡里……在祖国的东南西北，望京石无处不在。

一位拉丁美洲的朋友在游览长城的时候，曾经站在望京石上端详了一会，然后说道："这块望京石不一定常常能看到北京，可是我的望京石却能时时刻刻看见北京。你们知道它在哪儿吗？"

不等别人回答，他举起手来，指指自己的心窝。

这位朋友从万里以外的远方，远涉重洋，第一次来到古长城脚下。可是，他对望京石说得如此清楚贴切，实在不需要再作任何解释了。

1958 年 12 月

荆条蜜

　　在怀柔山区的汤河口，我曾经拜访过几位青年养蜂员。他们是公社养蜂场的，跟老师傅已经学出点门道来了。

　　在这以前，我对蜜蜂的知识，大约只是小学教科书的水平；而对蜂蜜的知识，几乎等于零。感谢汤河口养蜂场的几位同志，给我增添了一点常识。

　　比如说，我原先以为蜜都是从花里采来酿成的，而且也认为总是多采一种花就多一点香味吧。这判断，还是从"酿得百花成蜜后，为谁辛苦为谁甜"这两句咏蜂的诗里推想出来的。谁知不然。养蜂人管那种蜜叫杂花蜜，不算上品。据说最好的是椴树蜜，其次是荆条蜜。这两种蜜的好处是：香得纯正，甜得醇厚，而且没有杂质。

　　"荆条？哪一种荆条？"

　　"就是这一带满山长着的那种荆条，没有第二种。"

　　这么说着的时候，一罐荆条蜜已经放在桌上。

　　这哪儿像我们常见的蜂蜜？半透明的蜜汁已经凝结成乳白色，一眼望去，竟像是一罐熟猪油。

　　这样的精品，难道竟是从山上那很不显眼、很普通的荆条上采来的么？在到汤河口来的路上，荆条到处能看到：一丛丛、一片片长在山岭上的，一捆捆、一担担放在收购站门口的，一堆堆积在几个长途汽车站上的。砍荆条，是这一带社员最普通的副业，或者当柴火烧，或者编些粗家具。谁能想到，从这不值钱的野树身上，能酿得那么高级的蜂蜜呢？

"酿得百花成蜜后，为谁辛苦为谁甜？"这两句诗不该是咏蜂，蜂当不起那样高的评价。但是，它倒可以用来献给山区的养蜂人。他们未必为多少人知道，但是却全心全意地埋头苦干，认真钻研，为人民，为社会主义祖国，酿出一桶又一桶、一吨又一吨又香又甜的荆条蜜。

1961 年 5 月

筏　子

　　黄河滚滚。即使这儿只是上游，还不具有一泻千里的规模，但它那万马奔腾、浊浪排空的气概，完全足以使人胆惊心悸。

　　大水车在河边缓缓地转动着，从滔滔激流里吞下一木罐一木罐的黄水，倾注进木槽，流到渠道里去。这是兰州特有的大水车，也只有这种比二层楼房还高的大水车，才能同面前滚滚大河相称。

　　像突然感受到一股强磁力似的，岸上人的眼光被河心一个什么东西吸引住了。那是什么，正在汹涌的激流里鼓浪前进？从岸上远远望去，那么小，那么轻，浮在水面上，好像只要一个小小的浪头，就能把它整个儿吞噬了。

　　啊，请你再定睛瞧一瞧吧，那上面还有人哩。不止一个，还有一个……一，二，三，四，五，六，一共六个人！这六个人，就如在湍急的黄河上贴着水面漂浮。

　　这就是黄河上的羊皮筏子！

　　羊皮筏子，过去是听说过的。但是在亲眼看到它之前，想象里的形象，总好像是风平浪静时的小艇，决没有想到是乘风破浪的轻骑。

　　十只到十二只羊的体积吧，总共能有多大呢？上面却有五位乘客和一位艄公，而且在五位乘客身边，还堆着两只装得满满的麻袋。

岸上看的人不免提心吊胆，皮筏上的乘客却从容地在谈笑，向岸上指点什么。那神情，就如同坐在大城市的公共汽车里浏览窗外的新建筑，又像在公园人工湖的游艇上戏弄着微波。而那位艄公，就比较沉着，他目不转睛地撑着篙，小心地注视着水势，大胆地破浪前行。

据坐过羊皮筏子的人说，第一次尝试，重要的就是小心和大胆。坐在吹满了气的羊皮上，紧贴着脚就是深不见底的黄水，如果没有足够的勇气，是连眼睛也不敢睁一睁的。但是，如果只凭冲劲，天不怕地不怕，就随便往羊皮筏上一蹲，那也会出大乱子。兰州的同志说，多坐坐羊皮筏子，可以锻炼意志、毅力和细心。可惜随着交通运输事业的发展，这种锻炼的机会已经不十分多了。眼前这只筏子，大约是雁滩公社某个大队的交通运输工具，你看它马不停蹄，顺流直下，像一支箭似的直射向雁滩。

然而，羊皮筏上的艄公，应该是更值得景仰和赞颂的。他站在那小小的筏子上，身后是几个乘客的安全，面前是险恶的黄河风浪。手里呢，只有那么一根不粗不细的篙子。就凭他的勇敢和智慧、镇静和机智，就凭他的经验和判断，使得这小小的筏子战胜了惊涛骇浪，化险为夷，在滚滚黄河上如履平地，成为黄河的主人。

你看，雁滩近了，近了，筏子在激流上奔跑得更加轻快，更加安详。

1961 年 9 月，兰州

戈壁水长流

> 怅寥廓，问苍茫大地，谁主沉浮？
>
> ——毛泽东：《沁园春·长沙》

燥热的风夹着砂砾，在无边无际的戈壁滩上横冲直撞，卷来一阵阵炙人的热浪。节令已属中秋，吐鲁番火洲上却尚无凉意。如果在公路上走上几里路，滚烫的沙土就会烤得脚底发疼。

多么干燥的季节！多么干燥的世界！远方来的客人，才踏上吐鲁番的土地，就禁不住开始发愁了。说它是火洲，真是一点不假。唐代诗人岑参这么写过："火山突兀赤亭口，火山五月火云厚。火云满山凝未开，飞鸟千里不敢来。"（《火山云歌送别》）可是，你发愁的不仅是为了自己如何在这火山脚下度过这几天；迎着扑面而来的热风，你深深地忧虑着：在这样的土地上，庄稼怎么长？人怎么生活？

刚坐下来，一盘西瓜端上来了，接着又是一盘甜瓜。西瓜是红瓤的，像一块块闪光的红玛瑙；甜瓜就是内地人常说的哈密瓜，像一块块淡色的翡翠；花一般的香味在空气里飘荡，蜜一般的汁水沿着玛瑙和翡翠往下滴。

人们向你介绍：这些都是吐鲁番的土产。你也许会惊奇地轻轻喊一声："啊!"心里可能跟着浮起一个大问号——如此干燥的戈壁滩上怎么结得出如此丰盛的瓜果?

当你登上那通红的火焰山——就是岑参诗里反复写到的"火山",也就是《西游记》里孙悟空大战铁扇公主的火焰山,举目四望,你就会看到这方圆几百公里的戈壁滩上,散布着一块块大大小小的绿洲。它们有深有浅,有浓有淡,色彩分明,如同一位手艺高超的织锦工人,在棕黄色的地毯上精心地织上碧绿的图案。

下了火焰山,你走到公社的庄稼地和果园里,就能看到高粱和玉米长得一片绿油油,就能闻到葡萄醉人的芳香。那一串串宝石似的葡萄,甜汁都快溢出来了。村子里,渠道里的清水淙淙地在流,像一位无忧无虑的乐师在拨动着诱人的琴弦。

水!在干燥的戈壁滩,何尝缺水!

吐鲁番的水,来得并不容易。

古书上说,吐鲁番这个地方,"厥土甚沃,麦一再熟"。据说在维吾尔语里,吐鲁番就是土层很厚的意思。

也许那是几千几百年以前的事了。吐鲁番空有很厚的土层,却没有水。

在吐鲁番的北边,就是天山。高矗云霄的博格达峰上,成年成月戴着白雪的头巾,披着白雪的大氅,不管春夏秋冬,它总是一身洁白。可是,它那源源无尽的雪水一流到戈壁滩,就会被火一样的太阳烧干,就会被沙土漏得涓滴不剩。

莽莽苍苍的大自然,有时候是异乎寻常的吝啬和冷酷的。也许它以为自己一怒之下,不给人类需要的水,人就只能干死,渴死,饿死。

它的算盘并没有打对。

人们抬头凝视着远方巍峨的博格达峰，凝视着终年积聚山头的皑皑白雪，心里有一团火在燃烧：

　　"难道就再没有出路吗？"

　　"博格达呀博格达，你的白雪难道只是供人观赏的吗？"

　　大自然不给水吗？向它去索取！

　　也不知又过了几千几百年，人们从手上的血泡、脚上的老茧和全身的汗珠里，渐渐地找到了驾驭天山雪水的法宝：让它避开天上狠毒的太阳，避开戈壁滩松软的沙土，让水在地底下流。

　　传说在古老的年代，有一个年轻的牧人，赶着羊群来到吐鲁番。戈壁滩迎接这个远方来的牧人的，是无边的干旱。年轻的牧人踩遍了戈壁滩一寸寸的土地，找呀找呀，终于找到了一片绿草。草很茂盛，却没有水。年轻的牧人心想：绿草和清水是一对分不开的情人，看到了草，就一定找得着水。可是，他从太阳出找到月亮升，从东找到西，从南找到北，没有看到一滴水。他去问老乡，老乡叹口气，摇摇头：

　　"别费劲了，小伙子。水到不了吐鲁番，在半道上就全叫太阳和戈壁滩收尽了！"

　　真是这样吗？年轻人不相信。他在绿草边上动手向下挖，挖一尺，挖两尺，没有水的影子；他喘口气，擦一擦汗水，掂一掂手里的坎土镘，又往下挖。挖五尺，挖六尺，泥土慢慢地变了色；他喘口气，擦一擦汗水，掂一掂手里的坎土镘，再往下挖。挖一丈，挖两丈，水像珍珠似的从地底钻出来了，水像银线似的从地底冒上来了，终于，一股清洌的泉水从土地深处涌了出来。

　　年轻的牧人用双手舀起一掬水，对着万里无云的青天，一饮而尽。清凉的水沁入肺腑，这是比甘露还要甜、比美酒还要香的天山雪水。

原来，千年万代，水就是这样秘密地在土地的心脏里流啊！

要叫这股无穷无尽的泉水永远留在戈壁滩，永远哺育吐鲁番的土地，年轻的牧人掂了掂手里的坎土镘，又继续挖了。为了不让水被太阳夺走，他就挖了一道暗渠，叫泉水在暗渠里流；为了让水有个休息和汇集的处所，流上一段路，他就挖一口井。

吐鲁番有多少人在期待着水啊！一代又一代，他们祈祷着，渴望着。如今，水被这个聪明又坚强的年轻人找到了，谁不希望水能流到自己的门前呢？人们就接着再挖一段暗渠，把水往前引，流上一段路，又挖一口井。就这样，一段暗渠一口井，再是一段暗渠一口井，曲曲弯弯，接连不断，一里，两里，五里，十里，二十里……

这就是吐鲁番坎儿井最早的起源。

坎儿井把天山雪水，源源不断地带给吐鲁番人。

庄稼长出来了，瓜儿果儿结出来了，花儿草儿都从泥土里探出头来了。

还能说茫茫的戈壁滩上没有水吗？还能说吐鲁番是一块干旱的不毛之地吗？

水，有的！它在土地的血管里汩汩地流，不分昼夜地流。而在土地的上面，是看不到的。

奇迹吗？是的，是奇迹。但是，首先应该感谢的是创造奇迹的人！

谁是第一个创造坎儿井的英雄呢？现在已经湮没不可考了。难道真是那个远方来的年轻牧人吗？

有的书上记载着：一千多年前，唐朝时候，吐鲁番一带就出现了坎儿井。并且有一说是由内地传来的，可惜这都找不到更多的史实。

有的书上记载着：一百多年前，林则徐谪戍新疆，曾经在吐鲁番管理过水利工程，开了不少坎儿井。这倒引起人们许多兴趣，临风怀想，遐思悠悠，可惜也没有更详尽的材料。

这些也许都无关紧要。坎儿井，本是吐鲁番的维吾尔族、回族和汉族弟兄们在同天公千百年的搏斗里，用血汗凝聚而成的啊！

然而，璀璨夺目的明珠宝玉，在秽浊的泥污里是黯淡的；动人心弦的弹甫尔琴，在遇到知音以前是嘶哑的。在漫长的黑暗年代，替官家和巴依们做牛做马的劳动人民，纵有开天辟地的智慧，伏虎降龙的本领，又能向哪儿去施展？

地主垄断了坎儿井的水，掐住了穷人的血管。要活命，就得向地主租水。一个叫托乎提的农民，种了四亩瓜，向地主乌斯满租水浇地，一亩地的水租，就是九斗麦子。仅仅租水的钱，托乎提就得拿出一半的收入。若是把地租再算上去，他一年的血汗，就剩不下几升麦子几只瓜了。

那时候，坎儿井里流的不是清清泉水，是穷人的眼泪；戈壁滩上长出来的不是庄稼，是穷人的怒火；葡萄沟累累结着的不是马奶子葡萄，是穷人的心头肉！

坎儿井呜咽地流了千百个年头，坎儿井给吐鲁番人民带来过粮食，也带来过灾难；带来过欢笑，也带来过哭泣。在没有水的时候，人们渴望着水；在夺取水的时候，人们淌了多少血和汗；在引来了水以后，人们又成了水的奴隶。

只有来到水的奴隶变成水的主人的时代，坎儿井才唱起欢畅的歌。

请看一看一位老人的经历吧：

哈西姆老人从十一岁起，就跟着父亲到处挖坎儿井，到现在整整挖了七十个年头。全吐鲁番一共有三百八十条坎儿井，经他手挖的就有一百六十条。

他为戈壁滩引来多少水，可是在他七十年的前六十年里，水是属于水霸的，坎儿井也是属于水霸的。哈西姆跟许多坎儿井匠人一样，替水霸、地主挖了一辈子的水，给自己挖到的只是贫穷和疾病。

三十多岁的时候，哈密王找他去挖井，三年以后，他全身疲惫地回到吐鲁番来，依旧两手空空。

五十岁的时候，一个姓胡的国民党县长逼着哈西姆替他挖井，这个正直的老人拒绝了，就被国民党的狗官捆去关了几天才放出来。

七十岁那年，背驼了，耳朵也有点聋了，手指也不太听使唤了，这个老坎儿井匠才跟吐鲁番的人民、吐鲁番的土地一起翻了身。

如今，八十一岁的哈西姆老人，成了五星公社五星大队水利队的技术指导，把自己全身的本事教给下一代。人们常看见他挂着拐棍，在坎儿井边踱来踱去，看起来他有点老态龙钟，但是只要他在井边一站，听听井下的声音，依然能判断出水来了多少，井里有没有毛病。

他跟水打了七十年交道，直到最后的十年，水才是属于自己的，属于大家的。

靠了坎儿井，吐鲁番人民年年向大地要来粮食，要来棉花，要来葡萄和瓜果。

靠了坎儿井，吐鲁番人民抗御了多少回风吹雨打，从风口里夺回了多少粮食。

山鹰要往高空飞，骏马要往远方奔，吐鲁番人民响起号角。

要种更多的粮食！

要收更多的棉花！

要栽更多的葡萄瓜果！

那么，就需要有更多的水！

坎儿井曾经贡献过巨大的力量，但如今，光指靠坎儿井就不够了。

人们抬头凝视着远方巍峨的博格达峰，凝视着终年积聚山头的皑皑白雪，心头又有一团火在燃烧了：

"博格达呀博格达，你能不能再为祖国的社会主义建设献出更多雪水呢？"

在英雄的人民面前，天山怎么敢吝惜自己的财富？它抖落一身白雪，就化成流不完的清清泉水。

需要在戈壁滩上开渠道！

渠道，过去是开过的。但是那时候，人们的力量还敌不过天公，泉水还敌不过天上狠毒的太阳和戈壁滩松软的沙土。

千里马需要勇猛的骑士，冬不拉需要出色的乐师；戈壁滩上开大渠道，需要人民公社这个巨人。

于是，第一条人民大渠建成了！

又是一个奇迹在戈壁滩上出现了！

清水从博格达峰飞泻而下，滚滚地流下天山。在天山脚下，大渠像一支箭似的直射向火洲的大地。水，欢畅地穿过干旱的沙土地，穿过浓密的树林，奔腾澎湃，激起无数白色的花朵。这么多的水！一路翻滚着，吆喝着，喧嚣着。

在大渠底，密密麻麻地铺着一层鹅卵石，每一颗都有拳头那么大，滴溜滚圆，又光又滑。这是修渠的各族民工们精心地挑选又挑选、磨了又磨，才铺砌成的。修这条有史以来的头一条幸福大渠，是吐鲁番人民的大喜事，他们比给自己盖新屋、给女儿办嫁妆还要费心思。

人们是用纵情的歌声、笑声、手鼓声和琴声迎接最初的泉水的。清澈见底的水渠里，闪动着天上的白云和两岸欢乐的人影。滔滔不绝的渠水，沿着人们开拓出来的道路，酣畅地流到庄稼地和葡萄园里去。

在人民公社这个大地的巨人手里，在吐鲁番各族英雄的人民手里，水只有乖乖往前走的义务，再也没有漏进沙土的自由了。

水，冲击着人们的心。

水，激荡着人们的希望。

水，坚定了人们征服更多戈壁滩的信心。

如果你去访问葡萄沟，遇到肉孜同志的时候，那位公社党委副书记一定会兴高采烈地向你介绍扩大耕地面积的计划。尽管你慕名而来，特别感兴趣的是他们的葡萄。无论是誉满四方的无核白葡萄、紫红的玫瑰香、丰腴娇艳的马奶子、绿宝石般的哈斯格尔，还是少女明媚的眸子似的黑葡萄，都会使你目眩神摇，赞不绝口。可是，肉孜同志却总是若无其事，一再兴致勃勃地谈他的高粱和洋芋，讲葡萄沟从来是用葡萄和瓜果去换口粮的，可是去年就收了二十万斤粮食，今年还要收更多。他说来说去，都是粮食，好像他的以葡萄沟命名的公社并没有那四千多亩葡萄似的。

现在，他站起身来，领你们去参观了。他并不先请你去参观葡萄园，也不忙去鉴赏那精致得像美术工艺品般的晒葡萄干的荫房，却探询地问："要不要先去看看新开的高粱地？"

那几百亩高粱地，只是公社新开的三千亩荒地的一部分。它们看来并不特别显眼，跟你过去在北方许多地方看到的差不多，似乎引不起参观的人多么大的兴趣。

走着走着，就听到了水声潺潺，来到了那条人民大渠边。

肉孜同志的脚步缓慢了，停下来了。来不及请翻译同志转达，他就用不太纯熟的汉语向你介绍这条大渠的来历，一面说，一面还用手比画着。

"这就是我说的那条大渠，就是它。你们看，这水有多好！"

你也不知不觉被这汹涌而来、跳跃不息的渠水所吸引，在它身边停下脚步，不忍马上离开。喧闹的水声，为这幽静的山林注满了欢乐的生命的呼喊，波浪湍湍，像骏马奔驰。满山满谷的果林和大树，织成一片浓荫，遮住骄阳。这时候，你也许以为正置身于雁荡的大龙湫前或者黄山的莲花峰下，完全忘却在几里路以外就是广袤无垠的干燥的戈壁滩。

水声把你的遐想从遥远的地方引回来。一抬头，你就看到肉孜同志的爽朗的笑容。于是你仿佛恍然大悟，好像从水声里听到了这位公社党委副书记的心声，听到了吐鲁番人民向戈壁滩索取更多的粮食的战鼓声。

有了这么多的水，这么多取之不尽、用之不竭的天山雪水，怎不叫人兴奋，怎不叫这位满腔革命热情的维吾尔族共产党员，全神贯注地向往于实现大办农业、大办粮食的增产规划中去呢？

戈壁滩依旧那样苍茫，天气依旧那样炽热，风依旧那样猖狂。可是，在那一块块大大小小的绿洲里，在那临风摇曳的青纱帐里，在那一大片连着一大片的庄稼地里，在那枝头累累的果林里，哪儿还能找到一点荒凉的影子呢？

在一望无际的戈壁滩上，坎儿井纵成行，横成列；进得村来，但见家家泉水，户户垂杨，绿树荫下，水渠成网。这些水渠里的水，全是从大渠里引来的。大渠涨水小渠满，真是一点也不错。戈壁滩的水啊，千年万载，日夜长流。

你看，维吾尔老乡在水渠边饮马，水利队员在村外勘测、设计新的坎儿井，管水员在计算着葡萄园需要的水量，主妇在水渠边洗菜，小女孩在门前对着水渠梳她的十二根小辫子……傍晚，年轻人在大渠岸上散步，清清的水面上映着一对对依偎着的身影。小伙子弹着琴，姑娘们婉转地唱着：

      白闪闪的云彩啊，
      红红的火焰山；
      绿茵茵的葡萄啊，
      生长在水渠边。

      天山上的雪水哟，
      流呀流不尽哩；
      人民公社的好处哟，
      唱也唱不完……

1961 年 11 月，乌鲁木齐

天山路

　　住在内地的人，对新疆大都有浓烈的兴趣，遇到有谁从天山南北回来，总要兴致勃勃地攀谈一番。攀谈，也总是先问两件事：一是天气，二是道路。天气，是容易回答的："有冷有热，冷的地方极冷，热的地方极热，以乌鲁木齐而论，同北京也相差不远。"这样一说，恐怕大致也差不离。但说到道路，就不是三言两语所能介绍得清楚的了。

　　新疆有各种各样的道路，上下两千年，纵横三千里，大大小小的路上，铺满了历史的风霜，记下了黯淡的岁月。

　　如果能够让时光倒流到两千年以前，人们会看到天山路是一条繁忙的纽带。在这条苍茫的大道上，驶过张骞的车骑，奔过班超的鞍马，从南道向西方运去一匹匹的丝绸，从北道为中土运来一捆捆的皮毛。天山路，在千百年前，就开始为祖国经济的繁荣默默地尽力了。"天子于是取嘉禾，以归树于中国"（《穆天子传》），"马嗜苜蓿，汉使取其实来，天子命种之内地"（《史记·大宛列传》），"张骞由西域输入胡瓜于中国""张骞使西域还，始得葡萄种"（《本草纲目》），"西方以大蒜与小蒜兴"（《尔雅翼》），"张骞出使西域，得涂林安石国榴种以归"（《博物志》），"张骞使西域，得大蒜，胡荽"（《广韵》）……这只是在植物这一项里举的少数例子。那时候，"殊方异物，四方而至"（《汉书·西域传》），又无一不是走的天山路，日影斜横，黄埃萧索，驼铃单调地摇晃。人们走着，走着，一天复一天，一年复一年。多少双脚走遍天山南北的茫茫戈壁滩，踩出了一条条道路。这大大小小的路，正是千年百代的人前仆后继、战胜荒沙的战绩。究竟哪条路是哪个朝代的谁开的？恐怕大都无从查考了。反正年年代代，都会有新的路开拓出来，前人开路后人行，后人又为再后面的人开路，那些胼手胝足、开辟蒿莱的无名英雄们，岂不是永远值得后世子孙深深崇敬的吗？

然而，迢迢的天山路上，也曾经弥漫过无尽的哀伤。

漫天风雪里，一小队人马荷着戈，背着行囊，踏上天山路。狂风呼啸，吞没了马嘶人语；四野茫茫，看不到半点人烟，感不到半点温暖。岑参在风雪里苦吟："轮台东门送君去，去时雪满天山路。山回路转不见君，雪上空留马行处。"封建帝王穷兵黩武，驱使劳动人民的子弟踏上遥远的征途，在天山路上，演出一幕幕兄弟民族自相残杀的悲剧。人们抛妻别子，背井离乡，"去时里正与裹头，归来白发还戍边"。对这种不义的战争，人们是愤懑的。可是，满腹哀愁，何处去吐？满腔血泪，向谁倾诉？李益在月夜低吟："天山雪后海风寒，横笛偏吹行路难。碛里征人三十万，一时回首月中看。"行路难，行路难啊！横笛呜咽地吹奏着，笛声凄凄切切地在戈壁滩上飘浮，飘进一座座营帐，飘落一行行泪水。关山月，关山月冷冷清清地照着空旷的大漠，望不见家乡，望不见来时的路……

荒凉沉闷的年代终于成为历史，兄弟间血染黄沙的不幸岁月，也一去不返。滚滚的历史烟尘，无穷无尽的灾难，都一起消逝了。而今，灿烂的阳光，融化了天山群峰的积雪；溶溶的春水，欢乐地流进塔里木、准噶尔和吐鲁番辽阔的大地。"过去我们的家乡啊，黑暗又凄凉；现在我们的家乡啊，人旺牲畜也

47

旺！……"做了自己土地的主人的新疆各族人民，在天山南北开辟出一条又一条更广阔的新路！

天山路，成了祖国心脏通向边疆的大动脉，成了边疆十三个民族的人民走向北京的大道。天山脚下，有全国最长的铁路线，兰新铁路沿着祁连山西来，过红柳河，奔往新疆。像一匹日行千里的骏马，它连气也不喘一口，就爬上海拔一千多米的高原，跨过沟谷，踩过流沙，穿过渺无人烟的戈壁滩，在白杨河、大坂城一头钻进天山，来到乌鲁木齐，然后再奔过沙漠，蹚过绵延二十公里终年渗水的泥沼地，最后要在阿拉山口完成自己漫长的旅程。这是一条历尽崎岖、千辛万苦的道路。它本身就为我们塑造了一个百折不回、昂首前进的崇高形象。乘惯平原上舒坦列车的人们，请你到兰新路上来领略一下新的风光吧。列车过处，既不见青山绿水，也没有小桥渔舟；既不闻人歌马叫，也听不到牛鸣鸡啼。它的两边，只有杳无人迹的戈壁滩，只有挺直的白杨和一簇簇的红柳。也许列车接连奔驰几个小时，窗外的景色却丝毫未变。但是，亲爱的朋友，难道你不曾为这种壮阔、严峻的景象振奋么？难道这种豪迈、恢宏的气概，不正是你们所求和期待的么？这条漫漫长途，会告诉你在人生的途程上，怎样去克服坎坷，怎样去迎接和战胜各种各样的障碍！

在石河子，我们走过生产兵团农场的那些林荫大道。在这儿，真能用得"大道直如发"那句古诗。可是它又不是一望无遮的平川路。笔直的大道，被青色的屏风，绿色的帐幔一层又一层地围护着，掩蔽着。而那些几十公里长、几十米宽的绿色长城，也就显得更加壮丽、更加威风凛凛了。这只是在平地上看的，若是在飞机上往下看呢？一定是满盘锦绣，整整齐齐而又花团锦簇。是的，人们在说到防沙林带，说到林荫大道的时候，惯常用"绣花""图案"等等美妙的词儿去形容它们。可是，你可曾想到这些图案，是怎样经过绣花人的手，一针一线地绣出来的呢？这些使人赞叹不已的道路，是怎样经过生产兵团战士们的手，一镢一镐地修建起来的呢？它们给战士的手上加上了茧子，给将军的头上增添了白发；它们也给几百万亩小麦和棉花带来壮实的生命和丰硕的收获，给一切过往行人带来兴奋和喜悦。试想：当你在戈壁滩上走了很久很久，嘴干了，脚酸了，身子困乏了，忽然，像一脚跨进花树缤纷的大花园似的，面前蓦地出现绵亘不尽的一片浓绿，浓绿中闪开一条乌黑发光的沥青路，这时候，这时候啊，怎不使你神清气爽，倦意全消？再一抬头，一排排白杨林像身高力大的战士，整齐严肃地站在公路两旁，手拉着手，肩靠着肩，什么风魔沙怪，简直休想动它一根毫毛！于是，崭新的印象给你崭新的概念：新疆的道路，再不是荒凉落寞、凄雾愁氛的征途，而是气势磅礴、直薄远方的大道。这是从无到有、从小到大的路，是社会主义时代的英雄，在党的战无不胜的旗帜下流血流汗开创出来的路，是给人们以豁达的想象和壮阔的襟怀的路！

　　如果说石河子的林荫大道能使人心旷神怡，那么，果子沟的险巇山路就会使人心惊目眩。如果说那是烟波浩渺的长江大河，这就是萦回湍急的清溪寒涧。果子沟的山路，扑朔迷离。满山满壑的野苹果的芳香使你沉醉，山谷里小木屋使你恍惚地走进古老的童话世界，山顶的雪松使你惊叹为罕见的奇景……这些且不去说吧。不，也许你根本就没有来得及去纵情浏览，因为你整个儿的心，全被这条山路本身吸引住了。它不像石河子的沥青大路那么宽广浑厚，但是气象万千，叫人应接不暇。虽是乌鲁木齐通向伊犁的唯一通道，却没有车水马龙的纷扰场面，只在二台有个小小停车站，司机们在此歇歇脚，打个尖。此外一路上便再听不到车声如雷、再见不到烟尘似雾了。说也奇怪，那些擦肩来去的大小车辆，一进入果子沟，好像听到一阵号令似的，顿时沉静起来。间或有一两声喇叭，就显得分外清脆，又分外遥远，于是你才似乎真的体会到"鸟鸣山更幽"那句诗的境界。果子沟的路，蜿蜒曲折，忽而绕上山巅，仿佛要踏入云霄；忽而又没入森林，仿佛已经到了尽头。眼看着重峦叠嶂扑面而来，不知车子将要往哪儿走，不料它只轻轻一拐，峰回路转，又是一番新天地。走了一程，眼看又快到尽头了，你正在顾盼探索间，车子一转弯，又现出了绵延不尽的路……处处那么幽静，处处勃发着生机。就这样，走了一程又一程，过了一坡又一坡，你就在一路观赏不足的心情下，不知不觉地横渡了天山。果子沟的山路，使人永远不满足，永远不停滞，永远探索前程，使人认定目标，全神贯注，然后又战战兢兢地投出每一个脚步。

我们也曾经登上吐鲁番的火焰山。当年玄奘取经，据说经过这儿，又遇到过一场灾难。到西土取经的路好崎岖啊！但是，这位高僧和他的伙伴们还是坚毅地往前走，并没有停留，更没有倒退。站在火焰山顶，吐鲁番苍茫的大地，呈现在人们眼前。你看这灰白色的长龙，分明是一条大路。戈壁滩的滚滚沙尘，就像大海里的狂涛，要把它卷没，把它吞噬。但是，长龙坚持向前走，冲破狂涛骇浪的重重包围，头也不回地直奔远方。乍一看来，好像是有点孤寂。仔细一想，它又何尝孤寂？近处绿洲上阡陌纵横，沟渠在汩汩地唱歌；远处绿洲隐约可见，正在等待它前去。正是这条大路，把这许多块大大小小的绿洲联结起来，把公社和公社之间、大队和大队之间联结起来，把吐鲁番和乌鲁木齐，和北京联结起来，把吐鲁番和全世界联结起来。

你要问新疆的路么？

天山南北的路啊，是使人奋发、使人深思、使人毕生难忘的路！

1962 年春天，北京

青春路

> 我的青春好比长江的一滴水。只有融汇在大江里，它才能奔腾不息，永不枯涸。
>
> ——摘自共青团农场一个青年的日记

风急云低，波翻浪涌，到新民洲共青团农场去的航船，在江流中不似往常那么轻快了。这是一艘由汽轮拖着的大木船，船舱里坐满了人。头一回上新民洲去的人，下得船来，不免东张西望，倚在船舷上看看长江秋色，眺望焦山和北固山的姿影；而那些经常搭乘这班船来回的农场职工们，就沉着得多。从镇江码头到新民洲，需要行驶整整一小时，满可以利用这段时间再读二三十页书。

木船乘风破浪，在新民洲苇滩边停下来。

"怎么没有个码头？"一位初来的旅客自言自语。

"码头？"跳板上有个年轻人答话了，"这儿没有的东西多着哩。将来，都会有的！"

这话说的是事实。新民洲上没有的东西多的是，岂仅是船码头！你看，这两排简陋的红砖小屋，就安着共青团农场的场部。这自然算不上是高质量的建筑物，也许正像北固山上甘露寺里郑板桥题的一块匾额：聊避风雨。碰上十级以上的台风和暴雨，怕还未必避得住。可是，当你一踏进屋子，看到党委书记正在一面擦汗一面对着电话机嚷嚷，催拖拉机站赶快到三中队去翻地；看到会计同志正把算盘嘀里笃落地拨个不停，结算第三季度的财务账；看到政工干部正在仔细翻阅新来的高中毕业生名册，屋角里那位技术员正在检查麦种……一句话，当你被卷进农场沸腾生活的第一秒钟，你就会把建筑简陋、码头暂缺、道路坎坷不平等等问题，全都扔到大江里去了。

如今，展现在你眼前的，是锦绣般的平畴大地。新民洲本是长江里的一块沙洲，东南西北，都被江水环绕。但是，当你纵目四望，你看到的是什么呢？近处，一大片接连一大片，全是新翻的黑土和刚冒出头的麦苗，那黑土真惹人爱，好像捏在手里就能挤出油来；远处，缕缕炊烟，霭霭云树，一簇簇的砖房和草房，要不就是一望无边的芦苇。若不是洲堤外偶尔缓缓移过一两根桅杆，你怎么会想到正置身在江心的一个沙洲上，纵横是两三万亩肥沃的良田呢？

新民洲，比起北大荒或者天山南北那些沉睡了几千年的处女地，它的年纪是很轻很轻的。你到农场的六中队去，那儿有一些老一辈人，他们会指点给你看，以前，这儿是一片茫茫的江水，什么也没有。到三十五年前的一个春天，人们站在江岸上，到水浅的时候，能望到江心出现一小块浅滩，最大的时候也不过几亩吧。到秋天，这一小块新洲就像生了根似的固定住了。尔后，几个胆大的人，驾着小木船到滩上来栽芦柴；尔后，沙滩渐渐涨大了，芦柴渐渐长密了，地主恶霸的黑手也伸到滩上来，把农民的血汗攫夺到自己的荷包里；尔后，滩上出现了一二十户人家，那是些被洪水淹没了家园、从江北逃荒来的难民，从此人们便管这块新出来的小沙洲叫"难民洲"；尔后，劳动人民胼手胝足多开垦出一块滩地，地主恶霸的红木柜里便增加几张地契和债据；尔后，洲上的人们欢天喜地地迎接了解放，迎接了土地改革，迎接了合作化和人民公社化。尔后，来到了 1960 年的夏天。

农场的建设者，谁不记得两年前那些热火朝天的日子呢？年轻的徒工们，还没有来得及擦干净手上的油污，就慌忙地写好决心书，找车间主任谈，找党团支部书记和厂长谈，要求领导上一定批准自己第一批到新民洲去；男女中学生们，白天在教室里吵吵嚷嚷，打赌谁最有幸运，晚上回家就纠缠在爸爸妈妈身边，劝说老年人答应自己的要求，到新民洲建设新农场；郊区公社和大队的干部们，一接到任务要每个大队选派一个共青团员去支援农场，便把几个拔尖儿的名字在脑子里颠过来倒过去念叨多少遍；机关里的青年人，比较习惯地悄悄地向组织上递送一份写得工整的申请书，悄悄地找到领导同志房间里去磨……镇江的共青团员和青年们的心，被大办农业、开发新民洲、建立共青团农场的号召点着了，燃烧了。江心的那一块沙洲，即使在十万分之一的江苏省挂图上也只有那么小一个圆点，站在焦山或者北固山顶上远望，除了芦苇什么也不见的地方，如今却像一块巨大的磁石，吸引住多少颗火热的心，凝聚了多少青年儿女的理想和心愿。

踏上这块荒凉的沙洲的头一件事是什么呢？人们愉快地回忆着："砍柴，砍柴，整天整天地砍芦柴。没有地方住，搭芦柴窝，芦柴床；没有地方办公、学习，搭芦柴桌椅，糊芦柴墙……从早到晚，跟芦柴打交道，和芦柴做朋友。要请那些长得比人还要高大的芦柴，腾挪一块地方给我们站住脚。"

从此，二三十年来只听到芦花在西风里瑟瑟地叹息的沙洲，飘扬起欢快清脆的歌声笑语；二三十年来只有大雁和野鸭栖息的苇塘，出现了拓荒者的脚印，出现了长夜的篝火。木船运来了一船船的粮食农具，一船船的砖瓦木料，一船船健壮活泼的小伙子和大姑娘，一船船的青春和力量。

从此，新民洲在镇江人民和青年心头，成了一个特别亲切的名字。哪一个工厂、公社、学校、机关，哪一条街巷，没有人在新民洲共青团农场啊！洲上人说："镇江有什么，我们农场就有什么。"

大江流日夜，送走了一个垦荒的春天，送走了一个又一个播种、耕耘、收获的季节。

大江流日夜，有的人驾驭着生活的激流跳荡向前，奔入大海；也有人随着波涛打几个滚，就离开了主流，混迹在岸边草丛中了。

请你来认识一下这位年轻的炊事员。姑娘等不得拿到高中毕业证明书，就下决心到农村去。她不是那种只把豪言壮语挂在嘴上的人，一离开校门，她就背起行李卷，迈上到新民洲的木船。木船在大江里颠簸，姑娘的心也随着浪花翻腾。新民洲可是个苦地方啊，人们这么说，她也相信。可是，这难道能给自己壮丽的理想涂上什么阴暗的色彩吗？她轻盈地跳下船，大步走在先来的同志们垒起的洲堤上，高兴得直想放开喉咙歌唱。到了场部，分配给她的工作，是到中队去当火头军。姑娘的眉心打了个结，脚步有点踟蹰了。炊事员，这跟改变农村面貌的雄心壮志相距多远啊！难道炉台前能有什么创造发明吗？难道锅碗瓢盆中也算是大有作为的地方吗？姑娘怀着无可奈何、暂且试一试的心情，到中队部报到。她遇到的是热情的赞扬和殷切的期待。心头一阵热，使她忽然懂得：炊事员的工作，似乎真是建设农场、建设社会主义不能缺少的一门。她读了六年中学，难道能说就轻易地胜任炊事员的工作吗？不，她发现自己一点也不摸门。怎样能叫全中队同志吃得满意？怎样能增进这些农场建设者的健康？一点门道也没有。那么，这炉台锅台边，岂不同样是个学校吗？姑娘就在炉台边开始新的学习课程，拿着菜刀开始了在农场的第一个劳动日。炊事员的工作辛苦，繁琐，忙乱，但是，这个二十一岁的共青团员从没有叫过一声苦。同志们什么时候从地里回来，都能吃到热饭热粥，打到热水。刮风下雨天，她挨个儿问寒送暖，照顾比她年纪小的，也照顾比她年纪大的。人们说："我们的炊事员简直像个老妈妈了。"一句话，说得姑娘满脸绯红。

你再看一看这位年轻的技术员。他正在中队里拾掇种子田。他是场部的农业技术员，人们尊称为"新民洲上的科学家"。但他跟队员一起下地，一起干活。年轻的徒工、初中毕业生们，特别爱跟这位红黑脸、浓眉毛的大哥哥泡在一起。异口同声，全说他没有一点大学毕业生的架子。乍一看，你也许把他认作是从哪一个公社里调来的生产队干部哩。

你若是沿着北京路、五四路或者青春路，去拜访各个中队的宿舍，就会发现，许多小伙子和姑娘都有一个心爱的小日记本。在江涛呼啸的深夜，在风狂雨暴的晚上，他们伏在芦柴床上，就着煤油灯跳动的火苗，记下新民洲上许多许多难忘的日日夜夜：第一台拖拉机是哪一天运到农场来的；去年的七十多万斤小麦和玉米是怎么拿到手的；今年的可怕的十四号台风是怎样被他们这群降龙伏虎的英雄们征服的；在狂风骤雨冲击下决口的洲堤是怎样被堵住的；还有，第一对新婚夫妻是哪一天请大家吃的喜糖；共青团农场的第一个婴儿是哪一天来到这无边宽阔的天地；细心的姑娘，也许还记下大雁什么时候北飞；春天的野花什么时候最先开放；那些红皮的小本子，还会告诉你许多共青团农场许多年轻人心头的秘密。

于是，当你走过那八米高、两米宽的环洲大堤的时候，当你走过青年人用双手开辟出来的田边土路的时候，心里就不会那么平静了。你面前的这条路，人们给它定名为青春路。这条青春路，眼下还只是一条一米宽的小路，路面上还有没有锄尽的野草和没有砍尽的芦苇，或者是，修路时没有搞净，它们又顽皮地钻出土来。到下雨天，满是泥泞，使人步履维艰。可是，你能小看它吗？它不正是整个共青团农场的缩影吗？青春路，是坎坷不平的路；青春路，是需要用无数心血和汗水去浇灌、铺垫、加固的路；青春路，是越走越宽广、越走越坚实的长征路啊！

在这条路上，人们高唱着战歌去劳动，高唱着凯歌回来。

在这条路上，有人曾经踯躅过、停滞过。他们之中，有的又赶上大队了；也有的在斗争中竖起降旗，在严峻的考试前交了白卷。从新民洲开回镇江的航船里，也不是没有过红着脸、低着头把包袱连同自己塞在舱底的人。

然而，这又有什么值得奇怪的呢？生活，原像长江水一样，是一股汹涌澎湃的激流，鱼龙混杂，泥沙俱下，它不可能是晶莹纯洁的蒸馏水。就像江水带着大量泥沙杂质，日日夜夜冲向新民洲，具有黏性的泥土，在洲滩上留住了，越粘越紧，成为沙洲不断增长的新生力量，成为肥美的农场土地的一部分；而那些烂芦根、碎石子，没有黏性的沙砾，虽然也可能暂时地被卷上滩来，但是它们"头重脚轻根底浅"，终究要被江水冲走的。"大江东去，浪淘尽，千古风流人物"，是龙是鱼，是泥是沙，到时候都会看得一清二楚。那些真正把自己的锦绣年华同农场的建设紧紧连在一起的人们，那些立志为改变祖国大地面貌干上一辈子的人们，那些把自己的青春融汇在奔腾不息的大江里的人们，永远是幸福的。

1962 年秋天，镇江

七里山塘

如果说苏州城像一位古典美人绚丽斑斓的靓装，这儿就像衣裙上那条淡绿色的素飘带。

如果说苏州城像一幅精雕细刻的工笔画卷，这儿就像一幅写意的山水小品。

它是一条河。但它既不是江南原野上常见的那种"野渡无人舟自横"的小港小汊，也不同于城里那种"人家尽枕河"的水巷。它兼有二者的特色，却又分明有自己的个性。水上，也有莲荷荇藻，也有来往舟楫，浮光耀金，碧波粼粼；两岸却又鳞次栉比地排列着商店人家，一样地后门依水，前门临街。

它是一条街。但是，喧嚣的市声和熙熙攘攘的人流，丝毫没有损害它的自然美。走在石子路上，一样地能领略远山近水，闻到泥土的芬芳。街面不算宽，却也并不显得过分拥挤，人们可以从容地来去，偶尔还可能遇到谁家养的一只小白猪，慢吞吞地横踱过街心。

这就是苏州阊门外的七里山塘。

山塘只有七里，年纪倒上了千岁。唐敬宗宝历元年（公元825年），诗人白居易从洛阳来到苏州刺史任上。在这以前，有将近三年的时间，他在杭州担任过同样的官职。关怀着人民疾苦的诗人，为自己"不才空饱满，无惠及饥贫"而愧疚，然而"杭老遮车辙，吴童扫路尘"，苏州父老却殷切地期待他的到来。白居易一到这"版图十万户，兵籍五千人"的东南大郡，就战战兢兢，日夜辛劳，"救烦无若静，补拙莫如勤"；"敢辞称俗吏，且愿活疲民"。他在苏州只一年半，就因病罢郡。诗人留给苏州许多使后代人常常追忆和称颂的政绩，其中之一便是这沟通城乡的七里山塘。《虎丘山志》载："少傅白公筑虎丘山塘，民始免病涉之劳。"这的确不是阿谀式的夸大其词。苏州人为了纪念白居易，便像杭州人一样，把他一手规划的山塘，亲切地叫作"白公堤"。千载而后，当我们漫步在山塘道上，想到那位千古不朽的诗人、高龄的刺史，冒着绵绵的江南风雨亲自督工开浚山塘河的景象，禁不住神思悠悠。

山塘的漫长的历史上，还该大书一笔一百多年前的太平军。太平军在进军苏州、设置了苏福省之后，特地把山塘街开辟为商业区，称作"贸易街"。从此山塘街上，比以前有更多的店铺，更多的游人。四乡农民，挑着成担的白米、麦子和蔬菜，挑着自己织的土布、自己编的箩筐、自己结的麻绳，来到这儿，换些布匹油盐回去。山塘街上，响起过歌唱太平军的清脆歌声。苏州的一些上了年纪的老人，也许还能向后辈们叙说他们的父母曾经亲身接待过太平军战士，曾经见过忠王丰采，曾经目睹过当年"贸易街"的繁华。

千百年的岁月流逝了。山光如旧，水色依然，让我们还是回到今天的山塘道上来吧。

山塘河里，再没有地主豪绅官僚清客们的笙歌画舫，再没有被侮辱被损害的卖笑人的脂粉和眼泪，穿梭来往的，是大大小小的木船。有的上城去，有的下乡来。

你看，这条大木船上，装满粮食和蔬菜，透过麻包，你也许已经闻到早稻米的香味；嫩绿的菜叶，为这条上了年纪的木船增添了鲜艳的色彩。这是从哪里来的船呢？今年六月底，凶恶的第十四号台风曾经疯狂地扫掠江南江北上千万亩田地，使得不少公社的增产计划打了折扣，涝了大片大片的稻麦田。可是苏州农民在一场艰苦的搏斗之后，从风口夺下早稻，如期地向国家缴了公粮，又及时地种下麦子。啊，是了，这一船粮食，这一船标志着公社威力、标志着苏州农民战绩的粮食，莫非正是运到城里粮仓去的么？

你看，对着这条大木船迎面而来的，又是一船新机器。十几架柴油机和电动机，容光焕发地排列在船上，好像一群刚刚出世的小马驹，吃饱母乳之后，正要到青青的原野上去撒欢。在汩汩的水声里，你不是似乎已经听到它们的快活的嘶叫了么？小马驹呀小马驹，快快奔驰吧，广阔的土地在等着你们，奔腾的河水在等着你们，粮食加工厂在等着你们，农村里千家万户都在等着你们啊！

紧跟着这条大船的，是另一条稍微小一点的木船。船上，堆满了手推车、小型榨油机、喷雾器和电线，还有一些用油布盖着、用草席包着的，不知是什么东西。用不着打问，谁都能认出这些都是苏州工人们给农民弟兄送去的礼物。就像把女儿远嫁到几十里、百把里外的农村去似的，人们把这一批批机器漆得精光闪亮，朱红色的，草绿色的，浅灰色的……在满河船只中，它们特别引人注目。

这又是一船什么？竹子、木材和沙土。大约是大队派来运回去盖仓库或者盖住房的吧。队里的粮食、种子、化肥、农具，一年比一年多，原有的那几间小屋，显得特别拥挤，怎么办呢？社员们分到的粮食多了，收入增加了，人丁兴旺了，家什添置了，哪家不是早就在盘算着多盖一两间屋呢？于是，大队的干部们不得不多操几分心思，会计员不得不多算几笔细账，运输队的船只不得不在这山塘河上多走几回。

啊，这一船的色泽多么耀眼，岸上的人不由得停足喝彩了："嗨，多好的橘子呀！"原来是满满一船洞庭东山的早红，像摇来一船红玛瑙，一船石榴花。押船的是两位姑娘，水青色的衣衫，辫梢上系着两只花蝴蝶结。姑娘并没有注意岸上人对她们公社橘子的赞美（也许这一路上听得太多，不稀罕了），一个正同摇橹的老大爷说笑，另一个兀自靠着船舷低头看书。

山塘河里缓缓流着的，不仅仅是清清绿水，也是一股生活暖流；山塘河上来往驶过的，不仅是公社和工厂的运输船，也是满载着工农兄弟情谊的社会主义建设大船啊！

山塘街紧靠着山塘河向前伸延。历尽了岁月的风霜，它在新的时代完全改变了容颜。是的，这儿并没有百货大楼，也没有像观前街上那样的大商店，这儿几乎全是一两间店面，单门独户，在外表上也许多少还保持当年"贸易街"的模样。然而，从摩肩接踵的行人身上，从他们的脸色和眼神里，从每间店门、每个院落传出来的声音里，你再也听不到劳动人民的叹息，再也找不到为衣食奔走的忧伤，再也遇不到无告的呻吟。是的，它们永远听不到、找不到、遇不到了。代替它们的，是欢腾的新生活的乐章。那么，请你放慢脚步，沿着这条热闹的长街，去谛听它的每一个乐句吧。

你瞧这农副产品收购站内外，真能用得上"川流不息"这个词儿。两三间办公室里，挤满了人，院子里和大门口的地上，堆着一捆捆一筐筐的木材、干果和药材。站上的工作人员，忙得手脚不停，又要过秤，又要议价，又要检验，嘴里还不停地回答各种各样的问题。这里我不免要对苏州的语言多说几句话：如果你过去只是从评弹的演唱里接触到吴侬软语的音乐感，那么请你在这儿多站一会儿，你就会发觉，即使在收购站这样紧张繁忙的场合，苏州话同样能显示出它优美、精练和风趣的特色。两位老大爷蹲在大门口，一面吸着旱烟，一面娓娓地谈他们各自的生产队今年大米和水果的收成。他们谈得眉飞色舞，有板有眼，乍一听，真会当作他们是在悠闲地唱山歌呢。

数不清的手工业作坊，一个紧挨着一个，使山塘街上充溢着愉悦的音符。打铁的声音那么刚强，弹棉花的声音那么柔软，纺织的声音那么缠绵，磨坊的声音那么凝重，修乐器的声音那么悠扬，装配小型机器的声音那么清脆……它们从每一支弦、每一个琴键上，和谐地、有节奏地组成一支社会主义市街的乐曲。

乐曲有戛然暂歇的休止符，这就是当你走过那些刺绣女工的门口的时候。一窗秋日，窗下放着绣案，案旁放着五彩丝线。刺绣女工的手指，静静地、缓缓地移动着。她们的祖母、母亲、姑姑、姊姊们，曾经在幽暗的绣窗下送走了一辈子的光阴，还是不得温饱。"苦恨年年压金线，为他人作嫁衣裳。"眼花了，背驼了，人老了，只得沿门求乞，度过凄清的暮年。年轻姑娘们是幸运的一代，正赶上透过绣窗投射进来的红日，绣幅上绽开出艳丽的鲜花。订货有政府，传艺有名师，她们的精心杰作，从这山塘街上飘进苏州城，飘到北京，飘向万里迢迢的海外。想到这些，又怎会不心花怒放呢？是的，这些门户里是静悄悄的，连绣花针落地的声音都能听得清；但是，"此时无声胜有声"，刺绣女工们激荡不已的心声，是永远奏不完的。也许，它们正是这山塘乐曲里最美好、最精湛的部分。

迎面来了一辆三轮车，你不得不站在屋檐下避一避路。三轮车在这样的小街上已属庞然大物，何况上面又堆着一张新的桌子和两只方凳，还坐着一位老农民和一个十六七岁的姑娘。姑娘穿着一套花布新衫裤，笑盈盈地浏览着长街风景；老农民一手提着几包茶食，一手还扶着扁担。这一幅不期而遇的画面，也许会引起你的兴趣，引起你去猜想一下：他们是谁？是父亲和女儿吗？怎么来到城里？买新桌凳回去又做什么呢？

趁这几秒钟的小憩，你随意地回头望了一眼你暂时停足的主人家。这不是作坊，也不是店铺，却是一间店面房子的住家。屋里三个人，老大爷躺在藤椅上捧着报，一个字一个字地在念《人民日报》消息；老妈妈在聚精会神地埋头用红纸剪一个窗花，好像三五步外并不是长街，而是一片寂静的芳草地；他们的孙子，一个十岁左右的少先队员，正在门口迎亮处一张大方凳上做功课。

这一幅宁静的生活画面，使你在三轮车过了之后，还迟迟不舍得离开。

据说曾经有人出了一个绝对，上联是"七里山塘，行到中塘三里半"，下联虽也有人凑过数，但总没有理想的。今天，在这清丽如画的江南秋日，在山塘道上的漫步，几乎使我沉醉。我还没有来得及认出中塘在哪里，不知不觉间，这喧闹的、欣欣向荣的七里山塘，就全部走尽了。猛一抬头，眼前车水马龙，街道好像顿时变得十分狭仄，原来已经到了阊门。

苏州有上百条这样的河，上百条这样的街，我只说了其中的一条。

1962 年 10 月，苏州

北固亭——江南随得笔

每一次来镇江，总要登一回北固山。每一次在山头那"江山第一亭"上纵览长江，也总要想到苏东坡"大江东去"的名句，想起古往今来的许多人、许多事。真个是"浪淘尽，千古风流人物"，对着滚滚江水，不由得首先想到南宋伟大的爱国者和诗人辛弃疾。

辛弃疾同镇江渊源并不太深，只在晚年来镇江当过两年的知府。在镇江，他不曾留下像甘露寺刘备招亲之类的传奇，却留给我们几首在北固山上写的诗词，以及充溢在这些诗词里的满腔悲愤，一片豪情。

何处望神州？满眼风光北固楼。千古兴亡多少事？悠悠。不尽长江滚滚流。……

那正是强寇当前、国势日蹙的年代。江淮千里，敌骑纵横，而临安城里，却是"暖风熏得游人醉，直把杭州作汴州"，一派歌舞升平、醉生梦死的空气。在敌人的威逼利诱下，南宋小朝廷的统治集团里，有的苟且偷安，有的消沉懈怠，有的屈膝求和，有的私通外国。正直的人受排挤，忠诚的人被闲置，坚决主张抗敌的人更被罢黜。甚嚣尘上的，全是妥协、退让、屈辱的议论！

在这样的时候，辛弃疾登上北固山，面临着浩荡长江，想到长江以北大片国土沦于敌手，请缨无路，欲战无从，怎能不使他凭栏长叹呢？

那北固山下的试剑石，原不过是牵强附会的传说罢了，然而它却使辛弃疾想起了在江东建立功业、准备北伐曹魏的孙权。那南朝的宋帝刘裕，只是在史书里有几句记载说是镇江人，然而他的北征也被辛弃疾给予很高的评价。……这些人物和事迹，都来到诗人笔下，这就是那首千古传诵的词《永遇乐·京口北固亭怀古》：

> 千古江山，英雄无觅孙仲谋处。舞榭歌台，风流总被雨打风吹去。斜阳草树，寻常巷陌，人道寄奴曾住。想当年，金戈铁马，气吞万里如虎……

诗人辛弃疾，从没有忘记青年时代的斗争岁月："四十三年，望中犹记，烽火扬州路。"六十多岁的高龄，战斗的意志却丝毫不减当年："凭谁问：廉颇老矣，尚能饭否？"可惜的是他那老而益壮、以身许国的志愿，始终未能如愿以偿。在这"满眼风光"的北固亭上，老去的英雄只能对长江长叹，只能感慨"可怜白发生"。不久以后，他终于带着未酬的素志，含恨离开了人间。

七百多年过去了。人们常说："江山依旧，人事全非。"其实，岂止是换了人间，就喧哗千古江山也变了样子。这北固山周围，林树葱葱，不再是当年荒芜萧瑟的景象。大江中心，涌现出一大块一大块的沙洲，那儿有个江心人民公社。隔江北望，在天朗气清的日子，可以看到苏北一望无际的沃野，望到扬州城的烟树。回头再望镇江城里，那"寻常巷陌"间，竖起了烟囱，开拓了公路，建起了新楼。在豪情似火、壮志如虹的人民眼里，偏安江东的孙权、刘裕，当然算不了什么英雄；南宋小朝廷中那班丧权辱国、认贼作父的君臣，更是世世代代遭到唾骂。人民对大义凛然、不畏强暴、敢于同敌人斗争、维护民族尊严和民族气节的英雄志士，总是永远怀着崇高的尊敬。

北固亭上，有一副楹联。上联是"客心洗流水"，下联是"荡胸生层云"。此时此地，此情此景，这对联是很贴切的。昼夜不息江水，涤荡着人们的心怀，也激动人们的遐思。纵横三百里，俯仰两千年，真如层云在胸，盘旋不已，使人忘却正置身于北固亭上，猛听得一声浑厚的汽笛，从下游来的一艘长江大轮，正逆风破浪地驶过焦山。

1962 年 10 月底，镇江

莱茵河畔的拙政园主

　　欧文・魏克特(Erwin Wickert)先生在北京的时候,尽管他温文尔雅,颇具学者风度,但毕竟是一位外交官。一出东直门外大街5号使馆,车前就要悬起德意志联邦共和国的国旗;参加使团间的活动,就得用玲珑娴熟的外交语言;即便同中国文艺界朋友热情诚挚地相处时,也还是大使身份。不过他会像告诉朋友一个秘密似的轻声说:"我这次回国后就退休了。你们到波恩时,请一定来找我。中国驻波恩大使馆会知道我的住址的。"

　　今年六月,我们到波恩的第二天,接待节目表上列有同魏克特博士和夫人会见一项。我们原先以为这个项目带有一定的礼节性。因为此番访问,是魏克特先生去年在驻华大使任上发出的邀请,既到波恩,理应向他面致谢忱;又听说他退休后在家写书,那么也该表示一点同行的问候。但是,连续两天的倾心交谈,像好朋友一样把晤,完全洗净官场辞令的铅华,倒有点出乎我们的预料。

　　上午十时前五六分钟,我下楼打算到旅馆门口去等候,刚出电梯,一眼就看到魏克特先生和他的夫人已经端坐在门厅椅子上。他们比我们更早。半年不见,六十五岁的魏克特先生显得比在北京时略为苍老些,多了几茎白发;他的夫人则健谈如昔。寒暄数语,他就站起身来,说要陪我们去游览科隆。

科隆同波恩是相距仅二十余公里的姐妹城市。这天是六月五日，星期四，正值天主教的圣体节，科隆大教堂附近，熙熙攘攘，称得上车水马龙、人山人海。我们的车在接近市中心的小街上被堵住了。街上正走过穿黑色和紫色、绿色、黄色制服神职人员和教徒的队伍，人行道上则站满看热闹的市民和旅游者。魏克特夫妇领着我们漫步街头，在人群中穿行，参观了教堂旁边的罗马帝国时期出土文物博物馆，又随着人流进入大教堂。教堂里人很多，神父在扩音器前宣讲，虔诚的教徒们肃立谛听，入口处则挤满参观的人群。魏克特先生并不向我们宣传宗教，却详尽地介绍科隆大教堂从 12 世纪兴建以来的沧桑史，介绍它独特的建筑艺术和以圣经故事为题材的雕塑艺术。他不但是一位小说家，也是一位历史学家，有渊博的历史知识，尤其熟谙罗马帝国以后的欧洲史。这使我们在古城科隆的漫游中，得到一位绝好的向导人。

　　但是，更使人难忘的，是在他们乡间住宅里度过的两个夜晚。

　　这所乡间小院坐落在莱茵河畔的奥伯尔温特（Oberwinter）镇。小镇依山傍水，风光幽美，有许多半木质结构的住宅。我们在一座简朴雅致的小院前下车，刚刚踏进仅有半人高的木栏杆，魏克特夫人便开门相迎。其实离午后在杜鹃饭馆分手不过三四小时，老太太却如久别重逢，抓住我们的手不放，又说又笑。魏克特先生微笑着站在房门口，把我们一一延入屋子。这是依山坡建筑的两层小楼，楼上是住房，楼下是客厅，透过那一排落地玻璃窗，可以看到一块绿茵茵的草坪。客厅不大，却处处使我们这些从中国去的客人感到亲切：地上铺的是和田的地毯，屋里放的是红木桌椅和套几，上面陈设着景德镇的青花瓷器、蒙古小刀和江南草编，壁上挂的是明代蓝瑛的山水小品。最使我们惊诧的，是他那由汽车间改建的书斋门口，面对着草坪，悬有一方小木匾，用红漆写了三个行书体汉字：拙政园。

"这是什么意思？"我们不解地望望主人。

魏克特先生还是那样安详地微笑着，似乎料到我们会有这一问。

"拙政园不是苏州很美的园林吗？我很喜欢它。"

这个回答并没有消除我们的疑惑。中国名园多矣，魏克特先生要借用个苏州园林的名字，为什么不取沧浪亭和留园，不要网师园和狮子林，单单挑个拙政园呢？莱茵河畔这座小园，纵然清静雅致，但是既没有亭台楼阁、曲径回廊，也没有清空疏朗的荷风四面亭和明净晶莹的三十六鸳鸯馆；草坪上也只有几株小树苗和三五盆栽，并没有琪花瑶草。它的主人未必想在园林景色上去同苏州媲美，那就可能是"拙政"二字触动他的某些心境了。四百多年前，明嘉靖皇帝朱厚熜手下一名御史王献臣，受到朝中当权者排挤，郁郁不得志，就弃官回乡，置地造园，从晋代潘岳"拙者为政"那句话里撷取两个字作为园名。四百年来，几经沧桑，数度扩建，才成了今日的格局。魏克特先生可能知道拙政园的来历。四十年宦海浮沉，几万里异国奔波，远游归来，他的身心都感到疲惫了。于是，从纷烦扰攘、变幻莫测的政坛抽身引退，在奥伯尔温特镇买下这座小院，而且在几年前就为它悉心经营，离任前又特意在北京请一位书法家写了这三个字，制成小匾，朝夕相对。老先生闭门著述，老夫人于料理家事之余，莳花栽树；儿子在波恩总理府供职，只在节假日才带孩子来看望二老。这真像白居易写过的"身心转恬泰，烟景弥淡泊"了。老夫人很体贴老伴，电话铃一响，总是她去接，摒挡了许多干扰。

夫人接着说："你们这次来是例外。凡是中国朋友来，我们都是欢迎的——可惜来得太少了。"

第二天夜晚，魏克特夫妇又一次邀约我们到他们的拙政园去做客。我们下午从科隆赶回波恩，在旅馆稍事休息，就驱车前往奥伯尔温特。这时已经黄昏时分，下起蒙蒙细雨。莱茵河对岸的群峰，一起隐没在雨帘雾幕里。走进魏家，只见窗外草坪上的花树，青翠欲滴，显得十分精神。

我问老夫人："你昨天说的那两株竹呢？我很想看一看它们。"

她带我冒雨穿过草坪，在小园那一边，靠近篱笆处，果然有两株窈窕的细竹。

"她们长得好吗？"

"你看这不是长得很好吗？我非常喜欢她们。"夫人高兴地说着，一面轻轻地抚着那纤弱的竹枝，仿佛在抚摸着女儿的秀发。

是的，这两株细竹，不正是一对远嫁的少女吗？娉娉袅袅，亭亭玉立，在细雨里迎风摇曳，惹人怜爱。你们从中国的山村，万里迢迢地来到莱茵河畔，就在这两位中国的好朋友庭园里落地生根，陪伴他们到老吧！

魏克特先生和夫人招待我们在他们家附近的农家小饭馆晚餐。饭后又回到他们的拙政园，随意闲谈。魏克特先生回赠给我们每人一本他的著作，其中最引起我们兴趣并且多次以此为话题的，是他描述太平天国盛衰的历史小说《天国使命》。他早就将自己的眼光注视着中国一百多年前的这场农民革命，细心搜集了大量的资料和素材，多次去南京探访天京遗址，还参加过有关太平天国的学术讨论会。

"一个西方人要写中国的小说是很困难的，何况又是一百多年前的事。"魏克特先生一再这样说。他说得比较实在，不是一般的谦虚。但这本小说出版近二十年，在欧洲获得很高的评价，不少西方文艺评论家评论过这本著作，认为作者在他的小说里表现了独特的、深刻的见解。他的小说结束在1864年天京陷落、天王逝世。魏克特先生说，关于洪秀全之死，中外历史学家有几种说法，有说是自杀的，有说是被杀的，有说是病死的。他则倾向于第三种。但他也认为洪秀全临终前一段时期心境恶劣，而且精神也不甚正常。

我们说，我们很希望尽快能读到《天国使命》的中文译本。魏克特先生皱一皱眉，微笑着摇摇头："那是我最担心的事，中国读者一看就能看出它的毛病了。当然，我是最希望得到中国读者的评判的。"

魏克特先生的心是同中国人民的心相通的，从19世纪中叶直到20世纪80年代的今天。现在，他正在写一本新书，书名叫《中国岁月》（Years in China）。他说，要写自己几十年来在中国经历过的几个伟大的历史时期。四十多年前，1936年12月，中国正爆发震惊世界的"西安事变"，那正是中华民族解放运动的浪潮奔腾澎湃的时刻，二十一岁的魏克特踏上上海码头。对一个从西欧来的青年来说，这是一个充满神奇传说的国土。他目睹抗日烽火怎样熊熊燃烧，亲耳听到不愿意当亡国奴的中华儿女的怒吼声。五年以后，太平洋战争爆发前，他离开中国。过了六年，1947年他第二次来中国，恰正是中国历史上又一次翻天覆地的沸腾岁月，他亲眼看到蒋家王朝的覆灭。其后二十多年，他虽然远在莱茵河畔，还是常常注意中国的消息，惦念着旧游地。中华人民共和国同德意志联邦共和国建交以后，十年动荡，他作为驻华大使，第三次来到中国，同他热爱的中国人民一起经历了辛酸和欢乐，黑暗和光明。

魏克特先生深情地说，在他的《中国岁月》里，他要写中国人民勤劳、智慧、勇敢的民族性格，写普通的中国人怎样掌握自己的命运，同邪恶、残暴和阴谋做斗争。

我们就这样无拘无束地谈着，从中国谈到欧洲，从中世纪的骑士谈到当代的青年，全不觉得窗外夜色渐浓。魏夫人时而参加谈话，时而忙着张罗，又请我们之中的两位女性去参观她那精巧实用的厨房。我们年轻的翻译同志跟在她身后帮着递茶送水。这种亲如一家的气氛，使主客都感到恬适而亲切。

可惜的是时间已近十时，不容许我们再滞留下去了。我们只得依依不舍地告别，相约在北京能再接待他们。夜幕低垂，小镇上已经阒无人影。老夫妇俩站在木栅栏前，在暗夜里目送我们的汽车缓缓下山，好久才回身进屋。

几天以后，我有机会泛舟莱茵河上。从波恩南驶，两岸一个个小城镇和一座座古堡从眼前掠过。忽然，一个船码头上漆成白色大字的地名跳进眼帘。啊，Oberwinter，奥伯尔温特！一股暖流顿时涌溢心头。我站在甲板上遥望着河西岸，想从绿树丛中辨认出那个拙政园来，可是影影绰绰，怎么也找不到。我心中不由得感到一阵惆怅。"海内存知己，天涯若比邻。"魏克特夫妇同我们相距万里，心却贴得那么近。而此刻，在这青山绿水间，可真有点咫尺天涯的滋味了。莱茵河畔的拙政园主，也许正奋笔直书，继续写你的《中国岁月》。不知道你此刻正打开在中国土地上的哪一道记忆的帷幕？拨动着漫长岁月中哪一根心弦？

1980 年 6 月，波恩—北京

岚山花雪

　　到东京的第二天，天色骤然放晴，暮春的艳阳洒满一地。日本朋友们顿时喜上眉梢。原来东京多日阴霾，难得有这么好的天气。他们不约而同地说："你们来得正是好时候。"据说每年樱花时节，花期从四月初到中下旬，不过半个多月，几番风雨，花事就阑珊了。上午，车过霞关，外务省庭院的几排樱花，似乎刚刚透出些信息，这种信息，粗心的外来人是觉察不到的。一些小街上，店家挂起用红色、粉色、绿色纸剪成的樱花枝叶。朋友们似乎不是凭视觉而是凭心灵的感觉准确地预告：两天以后，樱花就开了。

　　果然，再下一天，我们乘新干线到小田原转往箱根，就瞥见路边几树樱花正在放苞。转过一座山崖，崖下向阳处，倚着一株十分娟秀的樱花，很像一位婷婷的村姑。她娇小玲珑，因此定名乙女樱。虽在"驿外断桥边"，却非"寂寞开无主"，笑盈盈地向过往行人报告花讯。

　　此后，我们一路追赶樱花的信息，在日本中部漫游。在金泽，由于北陆气候略为寒冷些，花期要迟几天，但在通往兼六园的大道上，已经扎上纸花，竖起长幡和灯笼，灯笼上印着商家的广告；到夜晚，一路灯火，等待着即将如潮涌的赏花人。京都的樱花比东京多得多，在御苑和修道院离宫，在琵琶湖畔，都能领略到名贵的品种，平安神宫那八十株红枝垂樱，染成一片绚烂的彩霞，谁见过都会终生难忘。在奈良东大寺和唐招提寺，在伊势五十铃川，在志摩贤岛海边，都有看不尽的樱花。我们的好朋友村井隆先生是位著名的俳句诗人，他爱用诗味十足的语言来介绍樱花，而且他有丰富的花树知识，一眼就能看出是彼岸樱、是染井吉野樱、是雨樱、是夜樱、是山樱、是茶碗樱、是丁字樱，还是八重樱。这使我们十余日的漫游，成为一次赏樱的旅行。

到京都，终于遇到一场春雨，淅淅沥沥，洒了一夜。在宫畔旅馆枕上，想起苏曼殊的绝句"春雨楼头尺八箫，何时归看浙江潮？芒鞋破钵无人识，踏过樱花第几桥？"不禁有点忧心忡忡了。清晨雨止，赶紧起身下楼，到对面故宫御苑去探望。那里有一株枝繁花茂的红樱，依然开得旺盛，丝毫未受到雨的影响，笑靥迎人，倒显得更增几分俏丽。一位画家正聚精会神地对着她写生，他眯起眼睛，一动也不动，似乎真要把樱花瓣上未干的雨珠都一一移到画幅上。我哑然失笑于自己多余的担忧，无怪这几天每一次对风雨发愁时，村井先生总是从容不迫地安慰着："没有关系，没有关系。"

4月13日早晨，我们驱车前往京都西郊的岚山，拜访日本朋友为纪念周恩来总理而立的诗碑。按预定日程，下午就去大阪，明天下午启程回国，料想此后两天，在日本就未必再见到多少樱花了。因而见到路旁杨柳随风摇曳，不禁又有点心神不定，今日的风比前几天要强劲些呢。

我们在龟山公园门前停下车。周总理诗碑，立在龟山南坡上，绿树丛中。脚下就是湍流不息的大堰川，走过长长的渡月桥，便是巍然耸立的岚山。真该感谢那位可敬的吉村孙三郎老人，诗碑的地点，选得非常之好。六十多年前，1919年4月，二十三岁的周恩来雨中三次游岚山，沿着大堰川往西走，只见两岸苍松，夹着樱花，深邃的峡谷，清澈的碧流，并未使这位年轻的游子流连忘返。他径直地往前走，往前走，探寻更美妙的境界：

> 潇潇雨，雾蒙浓；
> 一线阳光穿云出，愈见姣妍。
> ……

那一天是 4 月 5 日，比今天要早八天，樱花正在盛开时节。因此他在同一天到圆山公园，又能看到"满园樱花灿烂；灯光四照"。岚山的不假人工的自然美，"万绿中拥出一丛樱，淡红娇嫩，惹得人心醉"，更激起青年革命者对丑恶腐败的旧制度的憎恨。此后不几天，他就离开京都，从神户乘船回到祖国。一到天津，正赶上"五四"的春潮，并且立即勇敢地投身进去，从此开始了他毕生为中华民族、为共产主义献身的万里征程。

可是今天，岚山万绿中的丛丛樱花，龟山公园山坡上错落有致的樱花，大堰川畔，渡月桥两侧的行行樱花，在东风里都一起飘落了。它们像是听到司花女神的一声号令，成群结队，飞舞而下，落在草坪上，落在石凳石椅上，落在清清的泉水里，落到行人头上、肩上，"拂了一身还满"，人们也不去掸掉，一任它们粘在头发上、衣襟上，大约是要带着余香归去呢。

"真是落花如雨。"我们不胜惋惜了。

村井隆先生摇摇头，平静地说：

"日本俳句里写到樱花落时，通常不用花雨这个词，而是有个专用的季语，叫花雪，或者花吹雪。"

他接着解释道："樱花有高尚的品德，它开放的时候，不是散散落落，有先有后，而是突然在一夜之间，满满一树。它谢的时候，也不是零零落落，萎靡不振，而是像风吹雪一样，使你眼花缭乱，一日之间，一齐落得干干净净。从开始到最后，樱花总是给人留下最美满的印象，最圣洁的形象。"

村井先生说的这层意思，记得过去也曾听谁说起过。人们还说，当年军国主义者曾用樱花的性格，宣扬和美化武士道精神。这种比喻，当然是不足取的，但我十分喜欢"花雪"一词，它比"花雨"明亮、俊美多了。

此刻，我们正沐浴在岚山阵阵的花雪中。记忆的潺潺清泉里，许多古往今来的落花诗，次第浮现出来。在那一片凄婉惆怅的低吟中，却有一声激越昂扬、不同凡俗的调子，那就是龚自珍的《西郊落花歌》。龚自珍此诗写于1827年丁亥，正当三十五岁的壮年。看他写落花，不同于"多情只有春庭月，犹为离人照落花"，不同于"泪眼问花花不语，乱红飞过秋千去"，更与"明媚鲜妍能几时，一朝漂泊难寻觅"迥异。都不是。他是神采飞扬、酣畅淋漓地泼浓墨，施重彩，大书特书："……先生探春人不觉，先生送春人又嗤。呼朋亦得三四子，出城失色神皆痴。"落花竟然使得送春人失色神痴，那是什么景象呢？"如钱塘潮夜澎湃，如昆阳战晨披靡。如八万四千天女洗脸罢，齐向此地倾胭脂。"诗人走笔至此，强弩未尽，又加了一句："玉皇宫中空若洗，三十六界无一青蛾眉。"写到这里，实在是横空出世，极尽落花的气势了。然而诗人意犹未足，对纷纷扬扬的落花还有一比："又如先生平生之忧患，恍惚怪诞百出难穷期。"

落花从来是无声无息地辞枝委地，即便是花雪，也仍然是一幅绚丽而安详的画面。但在龚自珍笔下，是千军万马，有声有色。龚自珍生当清王朝逐渐衰颓之际，他寻求改革，向往国富民强，然而苦于找不到一条光明大道。他到北京丰宜门外去观赏狂风落尽的海棠花，也是别有怀抱。在诗人心目中，落花竟如钱塘夜潮、昆阳晨战，又如八万四千天仙一齐倾胭脂，那是何等威武壮美的气势！落红如雨，引起心潮奔泻。他是直抒胸臆，把一腔抑郁愤懑的情怀，都付与满地落花。到诗的结尾，又重重地下了两句神来之笔："安得树有不尽之花更雨新好者，三百六十日长是落花时！"慷慨高歌，道前人所未道，很有点辩证唯物主义的意味了。

　　人间的万象真理，愈求愈模糊；
　　——模糊中偶然见着一点光明，真愈觉姣妍。

　　站在周总理诗碑前，凝望着岚山花雪，吟咏着、咀嚼着总理六十年前的诗句，再联想到《西郊落花歌》，仿佛有一点光明直射入心田，约略能窥探到这位伟大革命家当年的一点心境，对眼前的景象，也就"真愈觉姣妍"了。

　　花雪，花雪，岂不正是周恩来同志一生的写照吗？生前，满树生辉，红的如明霞，粉的如胭脂，白的如碎玉，使人陶醉，使人振作，使人精神焕发，使人心旷神怡。待到随风而去，落英缤纷，留给人间的依然是美的升华，生之赞歌。还是龚自珍写得好："落红不是无情物，化作春泥更护花。"想想周恩来同志那最后的几年，处在八方风雨之际，十面埋伏之中，他废寝忘食，呕心沥血，在日理万机的同时，还充当了护花使者，从血雨腥风、刀光剑影中保护了多少国家栋梁、民族精英啊！

　　岚山的花雪，年年此日，请你铺在我们总理的诗碑上，陪伴他老人家魂游旧地，让大堰川的碧水照见他如霜的两鬓，让渡月桥的栏杆细数他凝重的步履，让他在无边的花雪中信步小憩吧。这么一想，心头不觉涌起一阵感激之情……

1981 年 4 月，京都

青山白铁之间

重到西湖，已是"文革"之后了。

近年来，每次听到西湖名胜修复整新的消息，我都为之神往。我的童年是在杭州度过的，四十多年来，西湖的红荷翠柳、潭影波光，时时在梦中摇曳。但我对修复三潭印月的几段栏杆，整新柳浪闻莺的几座茅亭，都没有太注意。到杭州，我第一个想去看看的，是岳飞墓。

劫后重来，修复后的岳王庙显得更加巍峨辉煌，气象万千。它同岳飞一样，也是被诬陷、遭摧残的冤案一件，在平反冤狱以后，以崭新的风貌重又屹立在栖霞岭下、西湖之滨，继续散播千秋凛然的正气、万古不灭的光辉。

岳王庙大门口，新立一块碑石，上镌《重修岳飞墓记》。文字很短，分量却很重：

> 南宋岳飞墓为国务院公布的全国重点文物保护单位。一九六六年秋被毁。一九七九年重新修复。历时一年，花费人力五万六千工，人民币四十万元。

文末署"浙江省文物管理委员会，一九七九年七月"字样。这五十九个字，用春秋笔法，记下岳飞墓的沧桑，字字严于斧钺，既将毁坏者钉在耻辱柱上，又告诫着后世子孙。

岳王庙内外，岳飞墓四周，挤满了络绎不绝的人群，多数是青年人，其中还有不少外国旅游者和归国观光的华侨。青年人谈笑风生，但来到岳飞塑像前，便都顿时安静下来。重新塑造的岳飞坐像，头戴嵌金帅盔，身穿紫色战袍，右手握拳，左手按剑，威武肃穆，眉宇间流露着悲愤难已的神色。虽然高达四米半，仍然比原来那座白面长须的神像使人感到亲切。应该感谢浙江美术学院几位同志，他们将这位武穆王从神还原为人——一位志吞胡虏的元帅，一位精忠报国的英雄。

人们环拥在岳飞像前，默默地凝望着他，凝望着坐像上面那块"还我河山"四个大字的横匾。不少青年人细心地抄录悬满正殿的楹联。一位衣着时髦的小伙子，在吃力地抄一副长联，可能不大懂得对联的意思，也不知如何断句，因而断断续续地边念边写，但他抄得极为认真，一丝不苟，有人站到旁边，也没有发觉。

从这些青年人身上，我想起我的童年。

四十多年前，像我这样的高小学生，并不懂得领略湖光山色，对六桥烟柳也无太多的依恋。读唐宋诗词，白居易的"未能抛得杭州去，一半勾留是此湖""山寺月中寻桂子，郡亭枕上看潮头，何日更重游？"老实说，我们并不大能理会他老先生的心情。苏东坡的"欲把西湖比西子，淡妆浓抹总相宜"，是被认为西湖名句的，我们也只是在语文老师的讲解下，佩服他比喻得美妙贴切而已。在西湖那么多名胜古迹中，最能拨动少年人心弦、引起阵阵遐思的，却是岳飞、于谦、张苍水、秋瑾这些人的坟墓祠碑。外地人第一次到杭州来，没有一个不去岳坟的。就如随园老人袁枚所写："赖有岳于双少保，人间始觉重西湖。"袁枚本人就是杭州人，他有实地感受。于谦虽也是位忠臣名将，有同岳飞类似的遭际，但名气毕竟不如岳飞大，墓地比较偏僻，荒凉冷落，也不及岳王庙雄壮巍峨。而岳王庙，连同墓地埋葬的两位英雄父子，坟前长跪着秦桧等四个铁铸奸贼，还有当年风波亭畔的精忠柏、一百多块碑刻，随处可见的楹联，构成完整的、丰富的大课堂。在这里，忠与奸、是与非、美与丑、白与黑、正义与邪恶、真理与谬误，对比得那么强烈、鲜明、深刻，对青少年来说，这无声的教育，要比多少课本、讲演、文章更能起震撼人心、铭刻肺腑的作用。多少年来，我对岳王庙的许多碑记、诗词、楹联都记不清，唯独坟前一副名联，如同刀刻似的嵌在心头。

　　青山有幸埋忠骨
　　白铁无辜铸佞臣

　　我在西湖边长大的那几年，正是"九一八"事变以后，抗日救亡的号角震响神州的年代。强寇侵凌，国土沦丧。蒋介石政府奉行"攘外必先安内"的反动政策，对内"围剿"工农红军，镇压人民；对外屈辱退让，卖国投降。党领导工农红军胜利进行艰苦卓绝的二万五千里长征。这类消息，在国民党反动政府法西斯统治下的杭州，都被严密封锁。我们这些高小学生，当然更是茫然。但我们对日本帝国主义步步进逼，蚕食秋海棠叶，是感到愤慨的。挽救危亡、同仇敌忾的情绪，时时弥漫在心头。因而每次到岳王庙，从偏安的南渡君臣，就会联想到蒋介石的"不抵抗政策"；从英勇杀敌的岳家军，就会联想到绥远前线的抗日将士。那时候，唱歌最爱唱《满江红》，一声"怒发冲冠……"，顿时涌起一股壮烈悲愤的心潮；那时候，劳作课上做竹木工，总爱模仿岳飞手迹，刻"还我河山"四个字；那时候，到岳飞墓前，总要往那四个铁人身上增添几口唾沫，好像跪在那里的不是秦桧一伙，而是亲日媚敌的汉奸。正是在一次次岳王庙的瞻仰中，使得幼稚的心灵开始明白什么是精忠报国，什么是卖国求荣，什么是忠良，什么是奸佞；开始懂得忠良志士尽管蒙冤遭害，但他千古流芳，受到后世亿万黎民景仰和崇敬；奸雄逆贼尽可以权倾朝野，为所欲为，但他终究要遗臭万年，受到一代代人唾骂。

记得有一次我们在孤山露营，为一件小事发生争吵，大家责怪一个姓秦的同学调皮撒谎，他不服，反唇相讥。争持不下中，我们有个人忽然说："你本来就是秦桧的后代!"这句一时气急的骂人话，十分灵验，一阵哄笑中，那个同学涨红了脸，一句话也说不出，竟像真的被七百年前秦桧的阴影罩住了。露营结束回城后，他第二天早晨一走进教室，就急忙大声申辩："我不是秦桧的后代!昨天我回家问爸爸了，他说我们老家是福建!"其实大家早把那句玩笑话忘得干干净净，这一申辩，自然又引起一阵哄笑，而他却十分严肃认真，好像事关一生名誉，必得弄清不可。不是明朝有个在杭州当官的秦某人写过一副对联么？"人从宋后少名桧，我到坟前愧姓秦。"这是真的。姓秦的自然很多，但名桧的确实罕见。社会舆论威力之大，群众情绪影响之深，有如此者。

那些在用心抄录楹联的青年人，对南宋以后直到抗日战争的许多史实也许还不甚了然，也不会有中年人那样的感受，但是又何必苛求于他们呢？岳王庙里这新塑的岳飞像，这埋葬忠骨的坟墓，这跪了几百年的铁像，这长青的柏树，这洋洋洒洒的诗文联语，处处都能激发新一代热爱祖国、热爱人民的思绪。青山白铁之间，定能继续萌发出振兴中华的壮志豪情，将我们五千年民族的凛然正气，继承下去，发扬光大。人们经历了十年风霜血火的洗劫，对忠奸真伪的辨识，对是非正邪的爱憎，对历史人物功过的探索，会比前人更敏锐、更周全、更深刻。

从墓园出来，就是碑廊。两边廊壁上，嵌着一百多块石碑。

北廊有岳飞《出师表》《满江红》和奏稿书札的手迹；南廊则是后人凭吊的诗文。此时，一位戴着近视眼镜的中年人，模样很像是中学语文教师，正在指指点点，用浓重的绍兴口音向周围的一群青年人讲解第一块碑石上的诗句，那是文徵明的《满江红》。

我们民族林林总总的诗史中，有个极其宝贵的传统：凡是异族侵凌、政事腐败、人民颠沛流离的年代，便出现许多不朽的诗篇。诗人们总是自觉或不自觉地充当了人民的代言人。风波亭冤狱，在几百年间激起千千万万人的愤懑，诗人文士有动乎中，写成诗句，无不戟指痛詈秦桧一伙祸国权奸。刻上碑石的，只不过是沧海一粟。与岳飞同时代或稍后些的，如陆游写"公卿有党排宗泽，帷幄无人用岳飞"，胡铨写"堪悯临淄功未就，不知钟室事何缘"，虽然将斥责的矛头指向偏安江左的小朝廷，但都隐约其词，不敢直抒胸臆。过了二三百年，到明朝的邱浚，就能尖锐地指出：

> 忠勋翻见遭杀戮，
> 胡人未必能亡秦。
> 呜呼，
> 臣飞死，臣俊喜，
> 臣浚无言臣忠靡，
> 桧书夜报四太子，
> 臣构再拜从此始。

忠臣见戮，奸臣高兴，主战派将领束手无策，以赵构为首的南宋政权从此向女真贵族俯首屈膝。这是对冤狱造成的严重后果所兴起的感慨。但是，从剖析这件冤案的前因后果看，几百年来，仍以文徵明这首《满江红》最为精辟。无怪那位语文教师慷慨激昂地边吟边讲，听的人也都聚精会神。

　　……慨当初，倚飞何重，后来何酷！果是功成身合死，可怜事去言难赎。最无辜堪恨更堪怜，风波狱！

　　文徵明是明世宗正德年间人，上距风波狱已有四百余年，所以能排除历史囿见，一针见血地指出冤案的实质。

　　……岂不念中原蹙？岂不惜徽钦辱？但徽钦既返，此身何属？

　　语文老师以铿锵的声调念完这几句，然后细致地分析：
　　"你们看，这里一句紧一句，一步逼一步，义正词严，就如同指着宋高宗的鼻子，责问他为什么不恢复中原，直捣黄龙府，迎还徽钦二帝？究竟为什么呢？说穿了，就是宋高宗赵构自己想保住皇帝宝座，宁可偏安。三句话，就把宋高宗不顾中原黎民百姓，也不顾他的父亲和哥哥被俘受辱的丑恶灵魂，一层一层地剥开来，展露在世人眼前。秦桧是摸透了宋高宗心思，才敢于对岳飞下毒手的。"
　　那群青年人听得入神，不住发出轻轻的"哦，哦"声。

　　……笑区区一桧亦何能？逢其欲！

　　一声断喝，直如石破天惊，十一个字，把整个冤案的缘由点得深刻明白。青年人一起向老师点点头，表示感谢，也表示理解了这首词。
　　一个女孩子用上海话说了一句：

"咳，这么讲，跪在坟前的那四个铁铸奸贼，其实还算不得是主犯。"

同她一起的两个青年表示同意。其中一个说应该让那个赵构也跪到坟前来。另一个小伙子调侃地搭了腔：

"那不行，五个人就摆不平了。"

"不，"姑娘反驳说，"不加上他，才真的摆勿平哩！"

我站在一边，静听语文老师的讲解和青年人的评说，心绪难平。四十多年前，我在岳王庙接受了"精忠报国"的教育，懂得些忠奸之别，却未必读懂这首词；即使读懂了，也未必能发出如此议论。真个是："正邪自古同冰炭，毁誉于今辨伪真。"即此一端，也该承认新一代的见解大有胜过前人处。因而，自然地又想起刚才在正殿里遇到的那位抄录楹联的青年人吃力而认真的面影。他抄的是老诗人、老书法家赵朴初同志为重修岳王庙新撰写的一副长联，如果加上标点，就是：

观瞻气象耀民魂，喜今朝祠宇重开，老柏千寻抬望眼；
收拾山河酬壮志，看此日神州奋起，新程万里驾长车。

我带着欢悦的心情走出岳王庙山门，信步走回住所，一路细细品味这副长联。岳王庙"祠宇重开"，正当全民奋起、国家中兴之际，它继往开来，激励着今天亿万志士们驾长车迈上新的万里征程。这是使人高兴的。于谦墓和张苍水祠，都在南山，此次未能寻访，不知近况如何。但在岳飞墓之东，苏堤跨虹桥头林荫下，原来有秋瑾墓和为纪念她而建立的风雨亭，过去每次到此，想起她为争取民族解放而慷慨就义的英雄事迹，吟咏着"秋风秋雨愁煞人"的遗句，总是低回不已。秋瑾生前同挚友徐自华相约，死后要"面对故国湖山埋骨西泠"。她在绍兴遇害后，徐自华冒险将故友忠骨移来西湖边安葬。不料，六十年后，同样毁于林江之乱。听杭州同志说，正在孤山西麓为鉴湖女侠重修陵墓，还要用汉白玉雕塑一座烈士像，让她笑看不再破碎的故国河山，让她同我们一起沐浴着大好春光。而且，也在那青山白铁之间，又增添了一股正气。

1981 年 6 月，杭州西泠桥畔

柳　叶

　　病房是白色的天地：白的床单，白的被套，白的枕头，白的窗帘。进出的是穿白色大褂的人。有时年轻的护士从白罩衣里露出绯红的浅黄的或碎花的衬衣领，大家就会觉得眼前一亮。天长日久，人们的视觉对单调的白色也就十分适应了。

　　今天，一位来探视的朋友忽然从手提包里拎出一件珍奇的礼品，不是水果罐头，不是糕饼点心——完全出乎我的意料，竟是两段柳枝，长满嫩叶的柳枝。朋友说，是刚从他们宿舍院子里折来的。这位有心人，从陌头撷取一片春光，带到这单调的病房里来。

　　我端详这两株柳枝上的嫩叶。它们的确刚刚吐芽，大约诞生才不过两三天吧。纤弱娇小，惹人怜爱。说是柳叶如眉，它们却还不及女娃娃的眉毛长。前人诗句中，爱用"毵毵"二字形容杨柳的纤细，我想那该是颀长柔软的柳枝，袅袅长条，临池拂水，织成一片翠绿的烟雾。至于眼前这柳叶，细看之下，竟似一串串小巧的椭圆的翡翠片，却比翡翠更有生气，更富诗情。

　　我将这两株柳枝插在一个小瓷瓶里，放在床边小柜上。白色的天地中，便倏然飞来两位绿衣小天使。她们伸展细长的舞臂，左右顾盼，嫣然一笑。这笑，顿时感染着一张张病床上的人。

　　一位护士送药至病床，一眼瞥见小柜上的柳叶，不禁喝一声彩：“喝！春天来了！”

一句话点到每个人心里——可不是春天来了?! 有的人从去年冬天就住进医院，“病房无历日，寒尽不知年”。室内终日温暖如春夏之交，人们只能从窗外寒风的呼啸声和探视者的穿着上感到季节的转换。若不是这两株柳叶，怎能看到春天已经如此快地重到人间呢？

两株普通的柳枝，平时，万缕千条，谁会注意它们呢？到公园去，“姹紫嫣红开遍”，谁会赋予它们特殊的喜悦呢？甚至，有多少人会专情地投以一瞥呢？当年长安人在灞桥送别，折柳赠行人，无非也是就地取材，让远行者带走一点依恋。而今天，这两段不盈尺的柳枝，这两段不起眼的柳叶，却给我们这小小病房带来如许春色。

于是，当那位朋友下一次又来探视时，几乎全室的病友都报之以感激的眼神和亲切的微笑。

1982 年 3 月，协和医院

萧山杨梅

杭州的水果，总有些特别惹人忆念之处。西湖的新鲜莲藕，塘栖的白沙枇杷，满觉陇的桂花栗子，还有到冬天，小贩提一篮煮熟的菱角，边走边吆喝"风干老菱哎，火热！"都是别有风致的。但是，在众多的杭州水果中，我常常先想到萧山杨梅。它也许算不得特别名贵，却给我的心中带来一丝温暖，因为它使我想起小学时代的一位老师。

我们杭州师范附属小学的校址在南山路，也就是现在浙江美术学院的旁边。上四年级的时候，级任和语文（那时叫国文）老师姓金。至今我还记得金老师瘦瘦的脸和深咖啡色的中山服，却总也想不起他的名字。

金老师怎样教语文课，我记不清楚了，但有一点印象很深：他很注重鼓励我们课外阅读。这"课外阅读"四个字，我就是从金老师口中第一次听到，并且在他的鼓励和指导下开始养成，到中学、大学都保持着的习惯。以后参加工作了，"课外"改成"业余"，也仍然坚持着，直到如今。

金老师还把课外阅读作为语文作业来布置。有时他指定一两本书，作为全班的共同阅读书；有时则根据学生的不同情况分别指导。他要我课外阅读的最早的书，是意大利亚米契斯的《爱的教育》和冰心的《寄小读者》。在这以前，我在课余也看过不少书，大抵是《精忠岳传》《济公传》《江湖奇侠传》之类，胡乱翻一气，哪算得正经的课外阅读！金老师将我从牛头山、小商桥和昆仑派、崆峒派剑侠中引出来，来到一个完全新奇的天地，让我结识万里以外的外国老师和小学生（《爱的教育》是我读到的第一部外国著作），又跟着冰心女士遨游天涯海角，去领略人间的喜怒哀乐……

金老师当时兼管学校图书馆的工作。那年放暑假后，他指派我和一位同学帮他整理图书，我们自然非常乐意。校园十分宁静，只有窗外的蝉鸣陪伴着我们在楼上图书馆里默默地忙着。不到四五天，书就整理完了。金老师很高兴，我们也很高兴。那时正是一天中最热的时刻，他叫那位同学下楼去打一盆凉水来，大家擦擦汗；又掏出五角钱，叫我到外面去买杨梅。我问买多少，他说尽钱买。我从清波门捧了一大包杨梅回来，忘记了是几斤，反正我从来没有一次买过这么多。

我们围坐在图书馆一角的小桌子边。金老师望着那一大包深红色的杨梅，笑着说："吃吧，尽量吃吧，我们萧山杨梅最好吃！"金老师或许是诸暨人。由于我以后看到萧山杨梅就想起金老师，因而记混了，也未可知。

萧山杨梅，我们在杭州时年年都吃，唯有这一次吃得最开心，最惬意。颗颗杨梅，又甜又有点酸，一直甜到心里，把嘴唇和舌头都染红了。临走时，我们向金老师道谢，不仅谢他请我们吃杨梅，还谢他允许我们在整理的休息时间随意翻阅许多书。金老师却说："我要谢谢你们，帮我理书，我可以早几天过江回家了。"

暑假过后，换了级任和语文老师。念完五年级，我跳级考上初中。直到现在，四十多年了，再也没有见到过金老师。他一定又鼓励和指导一班又一班的学生从课外阅读中进入书籍的宝库，去探索世界，探索人生。几十年世事沧桑，我们的金老师，您在哪里呢？

离开杭州以后，萧山杨梅也就不常尝着了。在上海还偶尔吃到过，到北京就更难得。北京人称之为杨梅的，其实是草莓，草莓自然也还可口，但比起萧山杨梅来，那情味毕竟是差远了。

1982 年 5 月末，杭州

望江山随笔

山居日月

平生对于大自然景物，爱水胜过爱山。总觉得置身于江湖河海之滨，不论是汹涌澎湃的浪涛，或是碧波宛转的涟漪，都足以引起绵邈的情思，悠悠神往，不能自已。而对深山荒谷，悬崖峭壁，其幽邃僻静，也总觉得容易使人有出世之想。偶尔寻芳探胜则可，说要住到山里，不是三五天、十天八天，而是住上一两个月，就不免有点惴惴然，不知这漫长的日月怎么度过。可见我生来就没有这种福分。

以前读南宋罗大经的《鹤林玉露》，其中写过一段山居景况："每当春夏之交，苔藓盈阶，落花满径，门无剥啄，花影参差，禽声上下。午睡初足，旋汲山泉，拾松枝，煮苦茗啜之。"这气氛已经相当悠然自得了，又随意读几卷书，几篇诗文，漫步林下，归来便在竹窗下与"山妻稚子"吃麦饭笋蕨。饭后写字吟诗，"再啜苦茗一杯，步出溪边，邂逅园翁溪友，问桑，说粳稻……"这么闲行一通，回家来又倚杖柴门，远眺夕阳下山，"牛背笛声，两两来归，而月映前溪矣"。你说这种笔墨不是很能引人逃避现实吗？到晚明小品中，更多这类恬适冲淡的山居文字，有浓厚的不食人间烟火的隐士味道。其实呢，他们也许只能在纸上渲染一下不可能存在的世外桃源。那位罗大经先生入山也并不深所以每天还能同"园翁""溪友"闲聊一阵。

这次动完手术，离北京到外地养病，初意想在太湖边找个清静处所，结果却来到杭州郊区望江山上的一座医院。接洽的同志劝慰我："那里环境之好是没有说的，唯一缺点是太冷清了。"这正中下怀。我倒希望冷清、安静，可以养病，可以读书，有余暇的话，还可以再把一些酝酿已久的题目写成文字。于是，就欣然在望江山医院安住下来，一住两个月。

望江山上果然幽静冷清。它位于杭州至富阳之间，离转塘镇大约两公里。站在医院屋顶平台上，西望天目山余脉逶迤而来，气象万千。南望隔江的越中群山，也都秀丽可爱。晴天傍晚远眺钱塘江，更能见到"余霞散成绮，澄江静如练"的景致。这时，万籁俱寂，只有远处工厂高音喇叭放越剧的声音。住了几日，渐渐习惯了。因而想起虎跑寺中曾刻着苏东坡诗碑，中有两句："因病得闲殊不恶，安心是药更无方。"当时他在杭州当通判（也算局长级干部吧），大约也难得享受山游之趣，偶然得了小病，换上乌纱白夹的便服，沿着紫李黄瓜的村路，来到这座中唐时代就已兴建的古刹小憩片刻，从老和尚手里借只水瓢，喝几口清冽的泉水，就觉得浑身都自由自在了。

古人的事，我们不必多加评说。那些诗文，不过反映一点他们对现实生活的心情。真要远离人世，断绝尘寰，那是谁也坐不住的。我上山第二天，就赶紧订一份《浙江日报》和《参考消息》，每天仅仅靠收音机里两次新闻广播，怎么能按测急速变动中的生活的脉搏呢？怎么能谛听到祖国前进的足音呢？宋庆龄同志故居修竣开放的消息使人神往；浙江省人民代表大会全体会议上，代表们热切的建议和坦率的发言引人注目；以色列军队野蛮侵入黎巴嫩，残酷屠杀巴勒斯坦无辜人民的行径使人愤慨。医生和护士同志又常爱向我这个来自北京的病人打听首都的消息，纵谈对某些事情、某些人物或者某些小说、电影的看法，他们了解得那么清楚，分析得那么精细，使我惊讶。他们在查房时总爱在我房间里多聊一会，谈话的内容，只有百分之二三同病情有关，绝大部分都是谈纠正党风民风，建设精神文明，谈打击经济领域的犯罪活动。谈到党中央整顿的决心，都显得激昂兴奋，使清静的病房顿时热烈起来。

我终于明白，再幽静的处所，也无时无刻不生活在大千世界之中。即使到深山里，也同国家民族的命运息息相关，呼吸与共。山居日月，不可能是世外桃源，也决不应该去当桃花源中人。

蝴蝶和蛇

病房楼前有一块空地，二亩多。据说原先准备再建一座楼，同西侧的那幢相对称，三幢楼成"品"字形。后来因故未建，于是就成了野花杂草丛生的荒地。花是白色和淡黄色的小花，还有一种鲜红色浆果，形状如同草莓，比杨梅小得多。而最有趣的是从早到晚，都有几十只白蝴蝶盘旋，飞去飞回，一分一秒不停。微风吹过，小白花轻轻摆动，乍一眼望去，竟分不出哪是花，哪是蝴蝶，只觉得是一块闹市——虽然这里经常是静得只能听见山下远处汽车喇叭声。每天早饭后，我总要靠在台阶的石栏上，看一会这无声的闹市。

那天，传达室的老吕师傅从食堂打饭出来，下台阶到大门口去。他见我悠闲地望着那块草地，就提醒了一句："你要当心点，不要随便到那块地上去。"

"为什么?"——说实话,我看着这许多白蝴蝶,曾经想起我的小外孙,走到马路上看见一只蝴蝶,都要高兴得嚷半天,一心要去捉。他要是到这里,每天总有十只八只好捉的。

"有蛇。"吕师傅说。

"真的?"我有点吃惊,"怎么会有蛇?"

"怎么会没有?草这么长,又没有人去,天热,蛇就出来了。"吕师傅说着,径自下山去了。

这一来,眼前的美景被搅乱了,破坏了。仿佛在一刹那,有几十条长的、短的、青的、绿的、乌的蛇在那花草丛中游来窜去,唑唑作响。我下意识地站起身来,好像马上就有蛇要沿台阶爬上来似的。

小时候,我最怕蛇。长大了,虽懂得蛇有有毒无毒之分,但一见那形象,就由厌恶而恐惧,所以至今对它没有好感。《白蛇传》虽是优美的传说和优秀的戏曲,白娘子和小青也具有善良、正直的品质,但一想到端阳节那天出现在许仙面前的是一条大白蛇,总会有一种浑身战栗的感觉。如今,不料竟同几十条蛇比邻而居,会不会到晚上有那么一条两条沿着水落管盘旋而上,穿过阳台,昂头摆尾地从门缝里进入我的房间来作不速之客呢?

晚饭后,散步到山下,同老吕师傅聊天,又说起了蛇。有两个小伙子正在门口闲谈,一听吕师傅说,就来了兴致:

"啥地方最多?我去抲(捉)!"

吕师傅笑了:"你去抲吧!有的是。"他又说去年谁谁谁的妈妈抲到好几条,送到收购站卖了十块钱。

我微笑地望着两个想抲蛇的小伙子,又想起我的小外孙。他如果在,肯定要跑进那块荒地去捉蝴蝶,即使你告诉他有蛇;甚至他见了就伸手去抲,也未可知。

从此,每天,我依然是好几次走过这块花草地,只要不下雨，也依然看到上百只蝴蝶飞舞，却还没有看见过蛇。但是我逐渐处之泰然。为什么只许蝴蝶飞翔，而不许蛇游动呢？其实，允许也罢，不允许也罢，只是人的主观意志。蛇也从未因为你讨厌它就自动销声敛迹，即使下命令也没有用。那么，又何必去干那种违反自然规律的蠢事呢？世间万物的存在和发展，总是有它存在的条件和价值，并不以少数人的喜恶为转移，包括毒蛇在内。有毒的蛇毕竟是少数。何况，即便是毒蛇，例如银环蛇或五步蛇吧，也一样能为人类作出贡献，中医以它除去内脏的干燥体入药，能祛风湿，镇痉挛，治半身不遂、癣疥和麻风等病症。而且，即使像我这样见蛇生厌，甚至生畏的人，如果走进广州"蛇王满"，一碗美味的蛇羹在前，也会欣然举匙的。

落红满径

每当走在树荫中那条小路上的时候，我总爱多看几眼满地的红叶。我说的不是枫树，也不是乌桕。江南仲夏，它们的叶子都还没有到红的时候。落红满径，来自路旁的杜英树。

杜英这种常青乔木，我以往不常见到，对它印象不深，因为它并不那么显眼招人。"桃李不言，下自成蹊"，它比桃李差得远了，只开些普通的白花，也并不特别香。可是这回在山上，我逐渐对它产生一种特殊的兴趣，特殊的依恋。

刚进医院的第三天，在楼顶平台散步，浏览围绕四周的各种花树。偶然发现栏杆外一株杜英树上，在满树绿叶中竟夹有几片红叶，那么鲜艳，那么明亮，离霜期还很远，却已"红于二月花"了。它们跟同一株树上的绿色同伴，形成了十分强烈的对比。我注视了一会，轻轻地采下几片，带回屋里，夹在正在阅读的书本中作书签。

其后，每天上楼下楼，下山上山，走过杜英树，我总要看看绿叶丛中的红叶，有时也随手摘它一两片，随信寄给远方的亲人，带去一点情思。但是我徜徉树下，仰望好久，还是不懂得一株常青树上，怎么会忽然夹有几片红叶。

有一天，我请教了医院的一位同志。他说："杜英是常青树，但绿叶隔了一年就变红了，就落下了。"他接着风趣地说，"让位给新长的绿叶。"

"让位"这两个字，使我恍然明白了。新陈代谢，本是世间万物运动的普遍规律。时光流逝，春秋代序，衰老的逐渐枯萎、凋谢；新生的不断成长、壮实。等到新的慢慢成为老的，那更新的又已开始萌芽。就如眼前这杜英树，今年，一部分衰老的叶子变红了，"让位"给新的绿叶；明年，又有一部分变红，再"让位"给另一部分绿叶。年年红了一部分，落了一部分，同时又生长出更多绿叶。周而复始，生生不已。

没有任何一片叶子的全部生命史都是绿色的。它总要变红，变老，以至凋谢，生命运动的历史是无一例外的。

然而，正是在这种无时无刻不在消长和更新的转换中，杜英保持了它终年常绿的形象。人们只看到它从春到冬，总是郁郁青青，却容易忽略这个转换的过程。

落红为了新绿，凋谢为了新生。杜英的红叶永远有欢快的神态。留在树上时，虽然颜色已经由绿变红，却仍旧保持鲜润的色泽，毫无枯槁的模样；落到地上后，也是落红一片，好似织锦的地毯。让人赏心悦目。是的，它应该欢快，它完成了历史使命——为整体的常绿献出了自己的一生，并且有了后来者。

每隔一星期，医院的职工要打扫一次环境。人们将满地落叶扫到路边，归成几堆，然后点火烧着，不多久就变为一堆堆灰烬。一场雨过，它们又点点滴滴地渗进泥土，化为养料，为母体所吸收，成为新生绿叶的一部分。

红叶得到了新的生命。于是，我再一次体会到龚定庵那两句诗的真谛："落红不是无情物，化作春泥更护花。"从落到化，就是花的新生。两千多年前的庄周，从一堆快烧成灰烬的柴火中领悟到物质不灭的规律，他说过："指穷于为薪，火传也，不知其尽也。"但是传下去的毕竟只是火，还不能成为新的"薪"。就这一点来说，杜英树的红叶，似乎就有更加积极的精神了。

于是，漫步山径时，面对这铺满一地的片片落红，我不只是喜爱，而且多了一层敬意。

1982 年 6 月，杭州望江山

烟雨富春江

——兼吊郁曼陀、郁达夫两烈士

　　站在鹳山上"春江第一楼"前朝下看，透过绵绵的雨幕，眼前是一幅泼墨山水横幅。远山近水，沙洲房舍，山下的树木，江中的船只，都绰约地隐在蒙蒙烟雨里。一切突然都变成静谧而凝滞，万籁有声竟像是万籁无声了。山和水自有一种魅力，似乎能把喧嚣的尘世万物都融化到自己那永恒的美里，甚至可以暂时遮掩起那些恶俗的、丑陋的东西。

　　富春江之美，一千多年前就有人津津乐道了。南朝梁代吴均在《与宋元思书》中写道："风烟俱净，天山共色。从流漂荡，任意东西。自富阳至桐庐，一百许里，奇山异水，天下独绝。水皆缥碧，千丈见底。游鱼细石，直视无碍。急湍甚箭，猛浪若奔。夹岸高山，皆生寒树……"郁达夫早年曾经很有情味地写过自己的家乡："家在严陵滩下住，秦时风物晋山川。碧桃三月花如锦，来往春江有钓船。"自注云："家住富春江上，西去桐庐则严子陵垂钓处也。"

　　今天，我并无追踪严子陵的闲情逸致。富春江上钓台有好几处，这鹳山下也是其中之一。但我对路边"严子陵垂钓处"指示牌和那座红漆的垂钓亭未置一顾，就如同对西安南面王宝钏的"寒窑"不感兴趣一样。冒雨来富阳，只有一个目的：瞻仰三四十年前先后死于日本帝国主义枪口下的郁华（曼陀）和郁达夫两位烈士的遗迹。鹳山待月桥下以前曾有郁曼陀先生的血衣冢，二十多年前的秋天，也是一个烟雨迷蒙的日子，我曾和一位同伴去凭吊过。十年动乱期间，被当作"四旧"毁掉了。为国捐躯的烈士遗物竟被荒谬地视作"四旧"，真不知那些动手的人是否还有中国人的心肝！去年听说重建了双烈亭，我和许多同志一样，远在千里以外，听到这消息都感到欣慰。

沿着石径走上山侧，果然在路边新建了一座五角亭，朴素大方，抬头一望，悬有茅盾同志 1980 年元旦手书匾额，四个大字：双松挺秀。笔力遒劲挺拔，带有茅盾同志特有的秀逸。亭内还有俞平伯、赵朴初两位老作家集郁氏兄弟诗句的楹联，为双烈亭在肃穆中增添了几分诗意。如果两位烈士魂兮归来，回到青年时代的读书地倚栏小憩，眺望熟稔的富春山水，细审家乡崭新的面貌，一定也会逸兴遄飞、欣然命笔的。

但我在抄录匾额时，笔不由得停住了。上款是"题郁华郁达夫烈士"八个字，总觉得语句不完整，在两个名字之下显然还该有字。以茅公这样渊博严谨的大师，自然不会出现笔误。我揣摩好久，想不出所以然。雨势又渐猛了。独坐亭内，对着江上的烟雨，不禁陷入沉思。

这时，一位留有浓黑髭须的中年人，打着油布伞，走进亭内。他虽然戴着度数不浅的近视眼镜，双目却很有神。他环顾一过，然后自言自语地说："唔，还是那样。"

亭内就我们两人，外面下着越来越大的雨，自然就找到交谈的题目。

"您常来？"我先开口。

他朝我审视几秒钟，慢慢回答："不，不常来。我在杭州工作，两个月前来过。"

说完这两句带有温州一带口音的话，他又回过身去，走到墙边两块石块前，摩挲几遍，又重复地自言自语："还是那样。"

原来这是两块石碑，上面本来准备镌刻两位烈士的刻像和小传，画稿和文字早就搞好，但是还没有刻上石碑，也没有竖立起来。

"为什么不立起来？还没有刻好？"我问。

那位同志叹口气，又摇摇头，沉默了一会。原来鹳山上曾经耗资几十万元兴建一座领袖纪念陵园，虽然领袖并不曾到过鹳山和富阳，而且他生前再三反对这样做。后来根据党中央一个文件精神停止了。这个纠正自然是做得对的。但是这座纪念二郁的烈士亭跟着也就中途停工，变成半成品。

我不禁愕然。郁华烈士是位忠贞耿直、刚正不阿的著名法官，1939 年 8 月在上海惨遭日伪特务暗杀；郁达夫烈士更是中外闻名的文学家，抗日战争爆发后在新加坡主持南洋文化界的抗日宣传活动，1945 年 9 月在印尼陷入日本宪兵队的罗网，终以身殉。他们是中华民族坚贞的爱国志士，值得我们永远怀念。这同撤除"纪念陵园"和"少宣传个人"有什么关系？我踱到亭外，雨水带来一丝凉意，带来一股怅惘。然而，却也使我有点憬悟：是的，按照某些同志简单化的逻辑，连领袖纪念堂都撤除了，怎么还能保留一座郁华、郁达夫的纪念亭呢？他们又不是无产阶级革命家，连共产党员都不是，自然着毋庸议。这时我也才知道，茅盾同志所题匾额的上款，在两位烈士名下，本有"双烈亭"三字，他本是为新建的双烈亭而题的。但在制匾过程中，不知怎么一来竟然被删除了。这些同志为什么不想想，从首都到各地，不是修建了许多烈士纪念地以缅怀忠烈、教育后代吗？

我在鹳山上走上走下，低吟着《静远堂诗画集》和《乱离杂诗》里的名作，特别反复背诵郁达夫"一死何难仇未复，百身可赎我奚辞""长歌正气重来读，我比前贤路已宽"那些悲歌慷慨的诗句，万千思绪被雨丝缠绕，无法排遣。两位烈士的英名，将会同富春江一样长年缥碧。古往今来，我们中华民族的浩然正气，总是由许多杰出的仁人志士代代相传，人民也总是把他们铭记在心底，即使他们的遗迹已经湮没无存。同样，富阳人民会以有这样的儿子而感到自豪，会记住日本侵略者欠下的又一笔血债。如果在这里为他们修一座纪念馆，陈列他们的光辉事迹和诗书画手迹，那该给蓊郁的鹳山增添多少光彩，给秀丽的富春江再加多少灵气啊！我离开那座未完工的纪念亭，怅然下山。绕道寻访城内达夫弄郁氏故居，却又关门落锁，没有遇到主人。慢慢踱到汽车站，踏上回杭州的班车。富春江上的烟雨，跟二十多年前一样，仍然给我留下诗意浓郁的梦境。而在我的心上，更被一片烟雨笼罩着，迷迷茫茫，淅淅沥沥，总也止不住，抹不开。

1982 年 7 月初，杭州

枫叶如丹

春天，绿的世界。

秋天，丹的世界。

绿，是播种者的颜色，是开拓者的颜色。人们说它是希望，是青春，是生命，这是至理名言。

到夏季，绿得更浓，更深，更密。生命在丰富，在充实。生命，在蝉鸣蛙噪中翕动，在炽热和郁闷中成长，在雷鸣雨骤中经受考验。

于是，凉风起天末，秋天来了。

于是，万山红遍，枫叶如丹，落木萧萧，赤城霞起。

丹，是成熟的颜色，是果实的颜色，是收获者的颜色，又是孕育着新的生命的颜色。

单纯是色彩的变化、更替、转换以至循环吗？

撒种，发芽，吐叶，开花，结果。

孕育，诞生，长大，挫折，成熟。

天地万物，人间万事，无一不是贯穿这个共同的过程。而且，自然与人世，处处相通。

今年五月，曾访问澳大利亚。五月在南半球，正是深秋。草木，是金黄色的；树木，是金黄色的。

有一天，在新南威尔士州的青山山谷一位陶瓷美术家 R 先生家做客。到他家时已是晚上，看不清周遭景色，仿佛是一座林中木屋。次日清晨起床，悄悄推门出来，一片宁谧，整个青山都还在静憩中。走到院里，迎面是一株枫树，红艳艳的枫叶，挂满一树，铺满一地。

我回屋取了相机，把镜头试了又试，总觉得缺少点什么。若是画家，定会描出一幅绚烂的斑驳油画，可我又不是。再望望那株枫树，竟如一位凄苦的老人在晨风中低头无语。

这时木屋门开了，一个八九岁的女孩蹦了出来。这是 R 先生的外孙女莉贝卡，他们全家的宝贝疙瘩。小莉贝卡见我对着枫树发愣，就几步跳到树下，拾起两片红叶，来回跳跃，哼着只有她自己懂的曲调。

最初的一缕朝阳投进山谷，照到红艳艳的枫叶上，照到莉贝卡金色的秀发上，就在这一刹那间，我按了快门，留下一张自己十分满意、朋友们也都喜欢的照片。

后来有位澳大利亚朋友为那张照片起了个题目：秋之生命。

就在这一刹那间，我恍然明白：枫叶如丹，也许正是由于有跳跃、欢乐的生命；或者，它本身也正是有丰富内涵的生命，才使人感到真、善、美，感到它的真正价值，而且感受得那么真切。

于是想到北京香山红叶。香山的红叶是黄栌树，不是枫树，到秋天那一片艳艳的红光，一样能使人心旷神怡。

但是，倘若没有那满山流水般的游人，没有树林中鸣声上下的小鸟，也许又会使人有寂寞之感了。

有人喜欢它的宁静、庄严，也有人欣赏它的丰饶、浑厚。

于是，又想起二十年前曾游南京栖霞山。栖霞红叶，也是金陵一景。去时虽为十月下旬，枫叶也密布枝头，但那红色却缺少光泽，显得有点暗淡。我不无扫兴地说："盛名之下，其实难副。"南京友人摇摇头，说再迟十天半月，打上一层霜，就自不同了。问怎么个不同法，他说经过风霜，红叶就显得有光泽，有精神。

不经风霜，红叶就没有光泽和精神，恐怕不只是从文学家的眼睛看，也还有点哲理韵味在。难怪栖霞山下大殿里一副楹联有云："风霜红叶径，数江南四百八十寺，无此秋山。"这半副楹联，让我记到如今。

枫叶如丹，不正是它同风霜搏斗的战绩，不正是它的斑斑血痕吗？

"霜叶红于二月花"，经历了这个境界，才是真正的成熟，真正的美。

愿丹的颜色，丹的真、善、美，长驻心头。

1983 年 9 月

燕台何处

　　自从迁居北京东郊金台西路，脑际常常浮起一个疑问：这金台路和金台西路的名字因何而起？难道这一带果真是两千多年前燕台的遗址吗？一位同住在此处的同志写文章，每每在稿末注上"×年×月于京郊黄金台"字样。我曾问他是否考证过，他笑而不答。恐怕他亦未必掌握确凿证据，"假作真时真亦假，无为有处有还无"，大约也是寄托一点向往之意吧。

　　想那"黄金台"两千余年前初起时，至多不过是一座黄土垒成的土丘，上面有点砖木结构的简单亭台而已。燕昭王置千金于台上，接待当时的一位高级知识分子郭隗，这件事连同郭隗以讽喻形式讲的那个用重金收买骏马尸骨的传说，流传了两千余年。黄金台的政治价值远远超过了它的实际使用价值。在漫长的旧时代，它曾使多少读书人艳羡过，咏叹过，做过无数回美梦；也曾使多少不得志的文人墨客感慨过，哀伤过，发泄过满腹牢骚。唐初陈子昂登幽州古台，是否就是这座燕台呢？诗人没有留下说明，不得而知。但那首"念天地之悠悠，独怆然而涕下"的千古名句，确是表达了多少苍凉沉郁的情怀。以"燕台"或"黄金台"为题或入诗，从唐宋直到明清，连篇累牍，不可胜计，大都反映了怀有骏马之才而不遇、渴望有燕昭王式的明君而不得的心境。如元代贡师泰愤愤地写道："黄金买卖满长安，惆怅英雄布衣老。"明代袁中郎在诗中质问："十载筑台亲礼士，如何止得一人传？"张明弼更是愁苦地低吟："于今更贱纵横士，莫倚荒台发浩歌。"因为，说来说去，数来数去，直到中华人民共和国成立以前的茫茫青史上，筑黄金台以延国士、置重金以收骏骨的事例，似乎的确"前不见古人，后不见来者"。封建时代的知识分子，怀念燕台，怀念黄金台的故事，期望在盛明之世常能出现招揽人才的黄金台，自然成为"人同此心，心同此理"的愿望。"人以国士待我，我必以国士报之。"有没有千金，是在其次的。

然而在北京的古代史上，毕竟出现过这么一桩表现出礼贤下士、重视英才的轶事。虽然从古至今，谁也不曾确切地指明它的位置。《史记》《资治通鉴》上都只说燕昭王"置宫"，未言"筑台"，后汉孔融才开始提出"筑台以延郭隗"。到南朝任昉的《述异记》，说燕台在易县东南。任昉身居南方，他的"述异"，可能也是沿袭别人的记载。易县的燕台，在古籍上倒也有过记载。抗日战争后期，在晋察冀边区办报的邓拓同志作诗悼念在滦水附近牺牲的记者司马军城，就有"肠断燕台作吊台"之句，这个燕台，当指易水附近的燕台。而《水经注》却又有"固安县有黄金台遗址"一说。不过从元代以后，许多志书都认定燕台在北京郊区。元末熊自得所著《析津志》，是目前发现的最早记述北京地区历史的专门志书。熊自得曾经当过大都路儒学提举和崇文监丞，在北京做过实地考察，他的记载自然可靠得多。可惜此书在明末前即已亡佚，不复得见全貌。根据近人辑佚所载，在"燕台"这一条目下，记着："在南城奉先坊元福寺内。十五年前木庵英长老有'於期已死不复返，空有层台壮古燕'之句。"这里所说"於期已死"云云，是根据燕太子丹用秦降将樊於期的首级取信于秦王以乘机行刺的故事，似乎同易水送别事有关，又接近燕台在易水之说。他指明"在南城奉先坊元福寺内"，却不知何据。但他接着又说此台乃后人设置，"以惑于时者，不过慕名而已"。明代刘侗、于奕正编著的《帝京景物略》，跟他的看法相同，虽然对黄金台的地点记得比较详细，说"今易州、易水边二黄金台，都城朝阳门外东南又一黄金台，三黄金台，岿然皆土阜"，但也以为"黄金台，后人拟名也；其地，后人拟地也"。

这样，就有了三处燕台。本来，史书上只简略地记载燕昭王筑台（或筑宫）置金，当时既未留下设计图纸，也未有任何有关档案资料，后人无从详加考证，慕名附会，以讹传讹，也是在情理之中。诗人文士们托物起兴，抒发点感慨，都当不得真的。到明代以后，北京城规模日渐恢宏，"京师八景"中才有了"金台夕照"这一景，乾隆皇帝还题了碑的。据说解放初期，朝阳门外日坛北面某工厂施工时，曾经挖到这块碑石，似乎可以坐实了黄金台的下落。然而，各地的"八景""十景"之中，大抵总有"××夕照""××落日"之类的名目充数。而且京东自来是迤逦平原，一马平川，并无崇山峻岭，登上一座土丘看落日，未必就比其他地方更美，恐怕还不及另一景"蓟门烟树"来得有诗意。想当日土阜之上，无非也是供人吊古感今、借酒浇愁罢了。

有些名胜古迹，是无须去认真寻根究底的。让它伴随着美好的传说，长留在人们的想象和向往中，岂不更好？比如杭州的"雷峰夕照"，至今仍列名于旧"西湖十景"之中。人们路过净慈寺，看到南屏山下林树翳翳，古塔杳然，可以引起对善良的白娘子无端被邪恶迫害的同情和遐想，也可以重温一下鲁迅先生的《论雷峰塔的倒掉》一文中深邃的思想。那么，我们今天又何必去寻查燕台究竟在何处呢？在北京朝阳门外也好，在南城某一座废寺也好，在固安县也好，在易水东南十八里也好，都无关宏旨。反正历史上曾经有那么一位比较开明的君主，为了招聘能够安邦治国的良才，特为修筑那么一座土台，上置重金，以接待天下士，这就很足以发人遐思了。

　　每天漫步金台西路，想起黄金台，总不免要神思荡漾。我们的历史悠远而且丰富，有置千金以延国士的黄金台，也有一言丧身、株连九族的文字狱。"以古为鉴，可知兴替；以人为鉴，可明得失。"这两种历史现象对我们今天都有借鉴和警戒的好处。想着想着，我真想向北京市园林部门提一条建议：不妨在东郊日坛公园或朝阳公园或团结湖公园或南城宣武公园的假山上，将那块乾隆所题"金台夕照"碑石重竖起来，旁边加个说明牌，介绍一下黄金台的原委。如果再选几首吟咏燕台的诗词，就更能增添韵致。自然，这类区区小事，可能有人讥为复古而嗤之以鼻，或根本不屑一顾。我却以为，为了继承和恢复历史古城的传统，为我们社会主义祖国的伟大首都再增加些文化气息，同时也为了纪念古代燕京文明的开拓者，也许还是值得的，对今人和后人，都会有启迪作用的。人们从古代读书人空怀报国之心的感慨想到今天知识分子们可以大展宏图、纵横驰骋的广阔天地，想到他们那比黄金贵重不知多少倍的热爱党、热爱社会主义祖国的丹心，将会感到与旧时代诗人文士们完全迥异的欣喜心情。在燕台碑石下领略着夕阳余晖，也许会想起朱自清先生晚年书以自勉的两句诗"但得夕阳无限好，何须惆怅近黄昏"，于是就会感到悠悠然与前人之心相通了。可能还有些有识之士，从燕台会联想到正确对待知识分子、认真贯彻党的知识分子政策，想想中国知识分子的贡献、成就、功绩，关怀他们的现状，也想想这方面还有哪些不足和障碍。不过那是需要大手笔去写大文章的大题目，不在这篇小文涉及的范围之内，就此打住吧。

1983 年 12 月底，京郊金台西路

寻找春消息

江南三月。我寻找春的消息……

火车，汽车，步行，极目千里，从山野间、河湖畔、园林四周、花木丛中、小巷深处、杨柳枝头……探询春的踪迹。

莫非来得不是时候，早了，还是迟了？抑或是今年的花事忒短促？

明知"暮春三月，江南草长，杂花生树，群莺乱飞"写的是农历三月的景色，比现在要迟一个月。但按农历，也到了早春二月，早该从枝头透露出几番春信了。然而，没有。扑面而来的是一阵阵砭人肌肤的寒流，是一场场伤人心绪的冻雨。朝朝晚晚，尽是冷飕飕、湿漉漉的，叫人浑身提不起劲。

"江南无所有，聊赠一枝春。"到江南访花事，首先自然想到梅花。南京和无锡的朋友都异口同声地惋惜："若是早来一个月多好！"原来，梅花山和梅园的千树冷艳，禁不住早春寒雨，已经凋零殆尽了。又听说，苏州邓尉、光福的梅，杭州孤山、超山的梅，也全只剩空枝。疏影横斜、暗香浮动，一齐杳无踪影。董必武老人曾有咏梅诗："不管风和雨，寒梅自着花。冰肌历寂寞，春动冷生涯。"又有句云："群芳虽欲妒，莫阻暗香来。"老人爱花护花的心意，真切感人。然而，群芳倒未必相妒，而不测的寒流和冻雨，不只能绰绰有余地阻住暗香来，甚至可以使它们一夜间就零落成泥的。

桃花、樱花的花时尚早，连花苞都还未露脸。梨花、茶花也不见。迎春花倒是有，但又太少，不大成气候，没有形成黄灿灿的一大片，而且有点单调、平板。来来去去，遇到最多的是杏花。杏花，只有杏花，在料峭春寒中犹自按时开放，绰约多姿，很有点傲然挺立的意味。大约杏花从来是同春雨作伴的，习以为常了。它们的面容如病人似的苍白，显得憔悴凄清，有的花瓣上虽然透一点红晕，仍不免带几分惨淡神色。也许它们未曾料到刚刚绽放便遭到几番风雨，还未及向人间展示"春意闹"的信息，便无可奈何花落去了。

江南花事，使人惆怅，使人心烦意乱。绵绵春雨中，不禁一次次吟哦一千余年前那位江南国主李煜的词句："林花谢了春红，太匆匆，无奈朝来寒雨晚来风……"也就不免怨恨那无端袭来的一阵阵春寒春雨。

无锡一位老朋友劝慰说："既然来了，不妨到梅园走一遭。也许你运气好，能看到一两株幸存的梅花。"于是冒雨驱车去梅园。

寂静的梅园中游人很少，并没有遇到什么幸存者，倒是在路边看到一株盛开的紫玉兰。紫玉兰学名辛夷，又称木兰、木笔，屈原《九歌》那哀婉凄艳的《湘夫人》一章中就曾提到它，可见它在江南有悠远的历史了。梅园的这株紫玉兰看来年岁并不长，亭亭玉立，妩媚淡雅，尤其是在风雨中能从容沉着，抖擞精神，这使我们于一片落寞中，得到意外的欣喜，似乎真的嗅到春的气息、感到春的萌动。

还有杜鹃花。虽是只在几处零零落落地见到几株盆栽，却是姹紫嫣红，开得正盛。杜鹃花的家乡本江南山野，漫山开遍的时节，才名副其实地成为映山红。不过眼前这几盆，也足以赏心悦目、喜上眉梢了。这要感谢园艺师的精心制作，剪裁来一角春光，顿时驱散不少灰暗沉郁的气氛。

  江南三月。我寻到了春的消息，在护花人的心头。

1987 年

每次走进颐和园

京华三十多年，颐和园记不清去过多少次。昆明湖的春水，谐趣园的荷花，西堤的秋月，后山的积雪，都曾使我魂牵梦绕，如醉如痴。不仅春夏佳日，游人如织，流连忘返；即使秋冬之际，湖山明瑟，落木纷飞，那一片萧疏淡远的景象，同样能叫人着迷。每次走进颐和园，映入眼帘的景色不同，心情和感受也就各异。滁州太守欧阳修当年写《醉翁亭记》时说："四时之景不同，而乐亦无穷也。"走进颐和园的感受，远不是一个"乐"字表达得尽，也未必全是忧或愁，种种滋味，种种思绪，都会悄悄袭上心头。而这却是进入其他园林时所少有的。

我国历史上的名园，古往今来，不计其数。由于千百年来的战乱、灾荒频仍，世事沧桑巨变，有许多今天只能从简略的文字记载中窥见它们的容貌，似有若无，仿佛一幅幅朦胧的淡墨写意画。唐初王勃写《滕王阁序》，对三四百年前晋代的兰亭和金谷园，就发出"兰亭已矣，梓泽丘墟"的喟叹。读宋人《洛阳名园记》，如果到洛阳去寻找，恐怕仅有地图上的遗址，有的甚至片瓦无存了。近三百年中享誉中外，被盛称为"万园之园"的圆明园，今天也只能从浩劫后的废墟上，从图册模型中去想象了。它是最后一个、也是最大的一个在我们土地上消失的历史名园。这些年来，有不少热心人在不断呼吁恢复圆明园，且成立了组织机构。然而此事谈何容易！我非常向往圆明园，但我也认为，不妨就保留它废墟的遗址，让这座名园的毁灭作为民族屈辱的象征，作为祖国母亲惨遭蹂躏的见证，比起筹集巨资，勉强部分恢复（全部修复是根本不可能的）要有意义得多，何必去干同前代帝王们竞奢的蠢事！

这样，国内现存的大型园林，最能完美地体现中国园林规模、风格、韵味的，自然首推颐和园。

颐和园，从最初建园嬗变至今二百余年，也是几度浩劫，历尽盛衰；也曾经成为狐鼠出没，零落不堪的荒池废圮，但是它有幸终于回到了人民手中，经过三十多年的整治修缮，不仅恢复旧观，而且更加绚艳夺目、光彩动人，进入了它二百余年生命史上最美好的时期。

每次走进颐和园，总要为它的博大恢宏、气象万千所感佩。山、丘、峰、壑，河、湖、港、汊，岛、屿、桥、堤，宫、阙、殿、阁，亭、台、楼、院，廊、槛、榭、轩，以及庙宇、牌坊、古墓、石碑，举凡古典园林中所有的景物建筑，颐和园中都一一齐全，无所不在，而且绝不相同，各尽其妙。我曾去过杭州、苏州、扬州、南京、广州、西安、成都、昆明等等许多古迹胜地，瞻仰过它们多姿多彩的倩影。走进颐和园，许多景观都似曾相识，从遥远的梦忆中仿佛看到它们母体的影子，辨认它们的渊源。有的来自杭州西湖，有的来自苏扬园林，有的来自黄鹤楼，有的来自岳阳楼……却又绝不是照样移挪，而是千变万化。比如桥，颐和园中有桥三十多座，最长的十七孔桥达一百五十米，接连南湖岛，桥栏上雕着的五百多只石狮子，使人想起横跨在永定河上的卢沟桥。最短的半步桥，举步便能迈过，绝似山村小涧上的木桥。西堤上六座桥连成一线，显然是模仿杭州西湖上苏堤的六桥烟柳，但是比苏堤六桥更加玲珑雅致，那长方形、四方形、八角形的桥亭结构，就是苏堤所没有的。更不用说金碧彩绘了。

颐和园的大小景观，千姿百态，又都统一在整体中，构成一幅近三百公顷的画卷。"虽由人造，宛自天成。"据说当年爱新觉罗·弘历先生多次派员去江南各地考察园林，因此颐和园前身清漪园的许多景物设计，都模仿江南。乾隆本人就踌躇满志地写过"明湖仿浙西""六桥一带学西湖"，诗句谈不上有什么艺术价值，倒是写出实情。

人们在园内环游，指点湖山胜迹，也许会谈起当年乾隆要将天下名园之胜都罗列到清漪园的宏愿，更会评说慈禧动用海军经费在颐和园大兴土木供个人享乐的罪过，但是我们怎能忘记，怎能忽略它的设计者、建筑者那些无名的能工巧匠们的聪明才智和血汗呢？没有他们的精心设计、详尽拟稿、昼夜施工、历时十年之久孜孜矻矻，能有今天屹立于我们面前的颐和园吗？修建这座名园，究竟动用了多少人工物料？花费了多少银两？谁能计算得清？何况档案资料也不完整齐全。只看排云殿内一项小小的装修工程，即殿堂内部暖阁、门罩、碧纱橱等分隔室内空间的木雕装饰所用人工数字：南木匠 15 749 工，锯匠 2 863 工，雕匠 168 216 工，水上匠 87 699 工，镶嵌匠 989 工，包厢匠 116 工，裱匠 92 工，以上共计用工 275 754 个。这只是排云殿内部装修，并不是那座金碧辉煌的庞大建筑本体。

再看一个小小的院落寿膳房，即为慈禧做饭的专用厨房，用的木料一项就有 44 355 立方尺，重 665 325 公斤。这六十多万公斤料，从南方开采地水运经大运河到京东通州，再从通州装上大车运到颐和园工地，每车装 750 公斤，共装 887 车。

这两项工程，在颐和园整个修建工程中，几乎小得不值一提，但这几个数字，就很是使人咋舌，以小见大，则颐和园耗费了多少民脂民膏，也就可想而知了。劳动人民的智慧才华，劳动人民的血汗泪水，砌成了颐和园！

每次走进颐和园，总能获得一次悠远丰厚的文化的洗礼，心头自会油然兴起凝重的历史感。一百年来兵燹掠夺之余的文物，仍是珍贵的艺术瑰宝。它们同颐和园的大小建筑浑然一体，处处闪耀着我们中华民族种种优秀品格的光辉。博大与细致，质朴与华彩，凝重与秀逸，浑厚与精美，严谨与流动，诸多矛盾，都能错落不齐地包含在和谐一致的整体中，十分精当，十分熨帖。从颐和园里，能体会到我们民族文化源远流长、波澜壮阔的最大特色。它的山水、花木、建筑、文物、艺术珍藏，无一不是中华文化的结晶，无一不闪耀着中华文化的灿烂光辉。成千上万人沐浴在这光辉里，不能不充满自豪感。

颐和园里，我最爱去、最常去的是知春亭。我爱这湖边小小的一角。披襟当风，纵目四望，有飘然凌虚之感。东边是巍峨辉煌的宫殿，南面有长虹卧波的十七孔桥和南湖，西边有丰姿绰约的柳堤和桥亭，北面有气度恢弘的万寿山、排云殿，面前则是碧波荡漾的昆明湖水。你不是已经意识到自己成为画中人了吗？知春亭，知春亭，唯有到得此处，才能真的领略到春天的情趣、春天的韵味、春天的怀抱、春天的厚爱。知春亭，是一首好诗里的诗眼，一局好棋中的棋眼，一篇大文章中的点睛之笔。宋词中有句云："水是眼波横，山是眉峰聚。"这知春亭正是在颐和园眉眼盈盈顾盼的焦点上。亲爱的朋友，若进颐和园，请你千万别忘了到知春亭里小坐。

你也许会指出偌大的颐和园里，也有一两处不那么和谐美妙的角落。例如大戏楼和颐乐殿，本来也是很能引起游人兴味的所在，现在却隔为特殊的旅游景观，限制游人随意出入，让国外游客、港澳同胞购票入内，由身穿清宫服装的"太监""宫女"们打千请安，陪你化妆留影。大戏台同当年慈禧看戏时一样，成为禁区，未免太煞风景，使那处很有奇韵的宫景被一片外汇兑换券的光泽所笼罩。不少朋友说起此事，都要皱眉头，认为这是一种低水平、低格调的旅游项目。我就劝持批评态度的朋友不必太认真，权当逢场作戏，让那些乐此不疲的美国老太太或者从东南亚回来观光的侨胞嘻嘻哈哈玩笑一番，尽兴而去，倒也无损于颐和园的整体气氛。但如果有哪位主管人员以为必能如此才算是恢复颐和园的旧貌，才足以表现皇家园林的特色，若不是出于无知，那至少也是误解。不过这也是发展旅游事业过程中必然会出现的某种缺陷，不足为怪。

每次走进颐和园，思绪万千，最多的还是一种沧桑感。一座历史名园，一位二百五十多岁的老人，向你漫嗟荣辱，诉说兴亡。他亲身经历中国最后一个封建王朝从烈火烹油、鲜花着锦到忽喇喇似大厦崩的鼎盛和腐朽。"眼看他起朱楼，眼看他宴宾客，眼看他楼塌了。"他也亲身遭到帝国主义强盗们的蹂躏摧残、烧杀掳掠，同圆明园一样，1900 年，八国联军涌进颐和园宫门，无数稀世珍宝，骆驼运，大车装，囊括以去，至今还流落在欧洲、美洲和日本的博物馆里。1983 年，我在澳大利亚墨尔本，某晚在喜来登饭店附近大街上闲逛，忽然看到一家古董店橱窗里显著位置上放着一只景泰蓝大花瓶。陪同我的澳籍青年小 H 看到我凝神注视，就带着几分严肃的语气说了一句："说不定是什么时候从北京故宫或者颐和园抢劫来的。"小 H 的父亲是中国人，他自己在中国上过学，读过中国的近代史，对中国有真挚的感情。他在这件事上的是非观念，比我们的一些青年同胞鲜明得多，正确得多。

一百多年来的风云变幻，三十多年来的春雨秋霜，都在这位老人身上打下烙印，留下伤痕。他在欣慰中忘不了辛酸，欢笑时也在思索。一切污泥浊水，一切妄言谵语，一切愚昧专制，都将如过眼云烟，而颐和园是永世长存的。

1988 年 1 月 31 日，为《今日北京》作

江南爱煞人

"朱明承夜兮，时不可以淹，皋兰被径兮，斯路渐。湛湛江水兮，上有枫，目极千里兮，伤春心。魂兮归来，哀江南！"屈原《招魂》的最后几行，或许是最早描写江南风物的诗句，寥寥数笔，勾画出一幅春景。郭沫若三十多年前在《屈原赋今译》中，驰骋诗人的丰富想象，用浪漫主义手法，译成这样的现代体：

> 太阳一出夜已旦，
> 光阴如箭不肯慢。
> 进入沼地路途平，
> 春兰遍地江水深，
> 江上偶见枫树林。
> 一望无涯千万里，
> 春日迟迟荡人心。
> 灵魂归来呀，
> 江南爱煞人！

郭老将原句中的"伤春心"按"荡春心"的意思译，又将"哀江南"改作"爱江南"，并未作更多诠释，只是说"哀与爱通，亦非悲哀之意"。他让屈大夫用江南的骀荡春光去招故君杳不可寻的灵魂，倒增添了几分明亮的色彩。今天我提笔写江南，最先想到的就是郭老这句"江南爱煞人"，也许是三十多年前留下的印象太强烈了。

屈原、宋玉以后，历经汉魏六朝、唐宋明清直到现代，人们笔下的江南，其实并不只局限于太湖周围的宁沪杭三角洲，而是泛指战国时代楚、吴、越等国疆土，即现在长江中下游湖南、湖北、江西、安徽、江苏、浙江和上海，包括长江以北部分。这一大片河山，是我们锦绣神州值得炫耀自豪的瑰宝，是古往今来多少旅人游子魂牵梦绕的家园，是多少诗人文士吟咏讴歌的圣地。她哺养过难以数计的英雄儿女、民族菁华，受到一代代子孙的崇敬礼赞，它繁殖出难以数计的宝贵财富，孕育了难以数计的才华和智慧的结晶，使举世叹为观止。它也演出过难以数计悲欢离合的史剧、诗剧，使同代和后代人心旌神摇，永世难忘。

落在诗人笔下的江南，从六朝的"江南可采莲，莲叶何田田""汀洲采白蘋，日暖江南春""余霞散成绮，澄江静如练。喧鸟覆春洲，杂英满芳甸"，到唐宋的"正是江南好风景，落花时节又逢君""千里莺啼绿映红，水村山郭酒旗风""横塘日日风吹雨，隔帘遥望江南路""小楼一夜听春雨，深巷明朝卖杏花"，直到清人的"帘外轻阴人未起，卖花声里梦江南"，林林总总、汗牛充栋的锦词丽句，不仅织成一幅绵延千里的青绿山水长卷，更散发着悠悠不尽的乡土情思。人们写到江南，不断地重复用"相思""消魂""断肠"这类字眼，赋予这些已被用熟甚至用滥的词汇以新的体会、新的内容、新的感情色彩，再去唤起人们心底的共鸣。

《世说新语》载：晋张翰在洛阳做官，有一次秋风起时，忽然想念吴中鲈鱼和莼菜，喟然长叹："人生贵得适意耳，何能羁宦数千里以要名爵。"就此辞官回故里。其中是否别有缘由，后人不得而知。想起江南美味，动了乡思，以至不贪官位，不去伸手再为子孙捞点什么，这样的真诚倒有几分可爱处。此类事，也可能发生在其他省籍的官宦们身上，只是《世说新语》编著者刘义庆长住京口，对江南的深厚感情，自然流露在字里行间，留下一段引人神往的"莼鲈之思"的佳话。

丘迟《与陈伯之书》中有一段描绘江南春光的名句："暮春三月，江南草长，杂花生树，群莺乱飞。见故国之旗鼓，感平生于畴日，抚弦登陴，岂不怆悢!"据说这一张书信，竟然促使那位本是梁将又投降北魏的将军率部下八千人来归。当时梁武帝派重兵压境，军力强盛，当是主要因素。丘迟奉主之命，给那位同他并无深交的陈伯之写信，本来也不过是搞点心理攻势罢了。"暮春三月"那几句，写的只是自然景色，平白道来，并没有刻意雕饰，却拨动了对方的心弦。而且，也使得写信者和受信者都人以文传了。记得初读此文，正在沦为"孤岛"的上海上初中，授课的是常州陈枚丞先生，他用常州口音读得抑扬顿挫，使我们都很感动。当时江南国土，大部都在日本侵略者的铁蹄蹂躏下，枚丞先生本人就是被战火逼得背井离乡，避难到上海的，讲授这篇文章，自然就带着满腔的国仇家恨乡愁了。时隔五十年，我还记得他眼镜片上的泪光。

我出生于大运河畔的苏北平原，旧楚国地，家乡古名即为楚州。十岁时举家迁往杭州，从此在江南居住了二十度春秋。20世纪50年代初从上海来到北国，又已三十余年。感谢生活惠予我种种机缘，使我依然得以多次徜徉于江南的青山碧水间。有时小住一两月，有时漫游一两周；或成群结伴，走马观花；或二三知己，随意流连；眺黄山云海，步庐山夜月；沐南湖烟雨，踏西湖残雪；访井冈翠竹，赏栖霞红叶；探金陵名园，寻广陵旧迹；听苏州评弹，求徽州古籍；品阳羡新茶，剥洞庭早橘；尝吴兴鱼鲜，醉绍兴香雪……还有那荒寒山径，喧闹水乡；沃野平畴，古城深巷；临河小镇，青瓦白墙；江枫渔火，杨柳池塘；野渡长亭，乌篷短桨；杏花春雨，芳草斜阳……回到北方后，耳畔依然常常回鸣着扬子江、湘江、钱塘江、黄浦江的涛声，眼前依然时时晃动着运河、东海、太湖、新安江的帆影。所谓"此情无计可消除，才下眉头，却上心头"是也。江南留给我们的，更多更厚的是风土人情之美，父老乡亲的垂注，故人好友的关怀，新知旧雨的问讯，都能使我如饮甘露，如啜醇醪，进入梦幻般的微醺境界。新年前夕，老友丁景唐自上海寄来一页朵云轩花笺，上书两句：江南何所有，聊寄一纸春。他信上说这是"秀才人情"，我以为远远胜于那种印制精良、价格昂贵的贺年卡。

当然，江南如同整个神州大地一样，不会处处都是如画如图，更不会时时都有莺歌燕舞。鲁迅诗："风雨如磐暗故园。"正是漫漫长夜里的真实写照。一千多年前的陶渊明，饱尝坎坷颠沛之苦，向往和平宁静，就借武陵一角山水，幻化出一片"不知有汉，无论魏晋""黄发垂髫，怡然自乐"的中国式乌托邦世界，留下一篇千古名文。现实的江南，毕竟不可能是世外桃源。几千年来，刀兵水火，血雨腥风，一样地朝朝代代都不曾停歇过：王侯征伐，异族侵凌，豪霸逞虐，奸佞横行，军阀混战，暴敛强征，直到现代的天灾人祸，动乱频仍。多少须眉巾帼血染沙场，多少忠良英杰含冤赍恨，多少善良百姓遭殃受难，多少热血志士报国无门。大江东去浪千叠，分明是千百年流不尽的人民泪、英雄血！十年动乱的岁月中，青山无语，碧水凄咽，柳暗花愁，不堪回首，很有点宋末词人所写"花无人戴，酒无人劝，醉也无人管"的光景。那一段黯淡时光，分外难忘。

岁月流转，物换星移，一切盛衰荣辱，生生死死，俯仰之间都成陈迹。江南大地掀开历史新页。美好的事物总要长存，丑恶的东西终将遭到唾弃，谁也改变不了。

江南的昨天使人依恋，江南的今天使人神往，江南的明天更呼唤人们去执着地追求：追求真善美，追求民主和科学，追求现代化，追求真正的幸福和光明。那么，在我们前面，不是会有一个繁花似锦、明艳欲流的江南吗？我最喜爱宋人王观那质朴无华、情深意切的词句：

"若到江南赶上春，千万和春住！"

1989 年初春

梧桐不寂寞

　　十多年前，刚刚搬入这个大院的时候，一位同志在办公室窗外漫不经心地栽下三株小梧桐树。不知他从哪儿找来幼苗，也不知他为什么偶然想起栽下它们。也许是看到大楼后面这一块土地太荒芜了，无花无树，有的只是几丛野草，一堆瓦砾，因而想起要移来一点生机。

　　幼苗柔弱而纤细，几片嫩嫩的叶子，不及小孩手掌大。栽下去的时候，跟他本人差不多高。那时他正患病，工作不重，暇时就推开窗子看望一下，隔两三天，忘不了去浇点水，扶扶枝。不久，病情加重，住进医院。又不久，竟然撒手离开人世。其时，还在中年。

　　世事纷纭，人情变幻。有人调走，有人调来，原来的办公室里几乎全换了新人。他熟识的老同事，一个个离职休养了，有的同他一样去到另一个世界。年复一年，人们渐渐淡忘了他，自然更忽略了窗外那三株梧桐树。

　　三棵梧桐树却默默地长大了。承受着春天的细雨，夏天的烈日，秋天的凉风，冬天的积雪。谁也不曾注意，忽然间，它们柔弱纤细的身躯，早已长得苗条挺拔。青黛色的树皮，秀丽而又坚韧。原先只在窗前款款地探头，如今已直指天空，伸展修长的手臂。人们在三楼的窗子里，就能看到那圆润的绿叶。

"寂寞梧桐深院锁清秋。"

然而，它们并不寂寞。

这块地位于大楼背后。每天清晨，人们来这儿散步、打拳、做气功。杂草瓦砾早已清除，辟为一小块绿地。年岁大点的，有时便会说起栽梧桐的人。年轻人不曾听说过他的名字，他们喜欢这片清凉的绿荫，喜欢这三棵树亭亭的姿影，也就将衷心的谢意默默地献给远去的人。

梧桐树的主人，十年前就已化为轻尘，人生的追求和遗憾，工作的成绩和不足，评会上的诘难，追悼会上的表彰，朋友的思，亲人的泪水，一切都已随风而去。

梧桐树能引来凤凰，那是远古的神话。

这三株梧桐树却时时引来一丝丝忆念。

1992 年清明

汉字的魅力

　　一个只有三岁多的孩子，看到一个汉字"明"字，就懂得"是太阳公公和月亮公公在一起"；看到"雷""雪""霜"这些字，就问"为什么这些字都有雨呢"。读到这儿，不由得笑出声来。你看他小小年纪，又是生活在讲日语的环境里，却能对中国语文（汉字）有这样清楚的反应和感受，真叫人高兴。恐怕中国以外任何一个国家的孩子，是不可能从他本民族母语中的"明"字（光明、明亮的意思）里引发出"太阳公公和月亮公公在一起"这样美妙而大胆的联想的。

　　这就是我们中国汉字的魅力，几乎是独一无二的魅力。

　　中文汉字，是我们中华民族几千年文化的瑰宝，也是我们终身的良师益友，每个人的精神家园。人生几十年，一切身外之物，衣服、房屋、书籍、用具、庭院，都将发生许多次变异。新陈代谢，过时的淘汰了，破损的废弃了，家用电器、电脑不多久就要换代，人们都习以为常，毫不为怪。天地万物，只有语言文字是永远存在的。我们的汉字集形体、声音和词义三者于一体，它的独特魅力是永远不可能改变，也是无可替代的。即使是汉语拼音，可以作为学习汉语的辅助工具，但是绝不可能代替汉字本身，因为它没有也不可能具有那种魅力。看到一个"míng"字，怎么会想到它是"太阳公公和月亮公公在一起"呢？

听到不少旅居海外的同胞谈过，走到某个偏僻的小城市，人地生疏，举目无亲，当一种异乡漂泊的失落感和孤寂感袭来时，突然看到一块小饭馆的中文店招，三个汉字，立刻就会像一团火，像一盏灯，像一声乡音，将你带到父母面前，使你抛却一切疲惫、孤独以至恐惧。我没有经历过这种体会，但我想不会是过分的夸张。

俄国大文豪屠格涅夫晚年侨居法国时写过一篇脍炙人口的散文诗，题目就叫《俄罗斯语言》，全文不长，译成中文也仅有一百零几个字：

在疑惑不安的日子里，在痛苦地思念着我祖国命运的日子里，给我鼓舞和支持的，只有你啊，伟大的、有力的、真挚的、自由的俄罗斯语言！要是没有它——谁能看见故乡的一切，谁不悲痛欲绝呢？然而，这样一种语言如果不是属于一个伟大的民族，是不可置信的啊！

我想：倘若借用这篇名文，只将"俄罗斯语言"一词改为"汉字"二字，该不会是对伟大作家的一种亵渎吧！

1997 年 1 月

宣南雨又来

——浏阳烈士谭嗣同殉难百年祭

一百年前，1898 年 9 月 28 日，清光绪二十四年（戊戌）八月十三。那天上午，北京城上空乌云笼罩，天色阴沉。加上道路相传，说慈禧太后已从颐和园回宫，光绪皇帝被囚禁在中南海瀛台，维新变法人士纷纷被捕或远走高飞，一时间人心惶惶，不知会发生什么祸事。果然，到了下午，宣武门南菜市口，推来六辆囚车，一字排开，监刑官军机大臣刚毅一声令下，刽子手举起屠刀，寒光闪闪，砍下六颗黄金无价的头颅：谭嗣同、杨深秀、杨锐、林旭、刘光第、康广仁。其时天色如墨，忽然风雨交加，流淌街心的鲜血，顷刻间被雨水冲刷得干干净净。

这悲壮的一幕，宣告了戊戌百日维新运动的悲剧性结局，也为 19 世纪中叶以后中国进步知识分子为了匡世济民寻求改革救国之道的种种努力和尝试，谱写了最后一曲令人椎心泣血的壮歌。

整整一百年过去了。

菜市口是北京宣武门南一处交通要道，向西出广安门过卢沟桥去南方各省的必经之地。它的东南西北方向许多街巷胡同里，槐荫深处，紫藤架下，曾是明清两代许多文人学士的住宅和寄寓，散布在胡同中的许多会馆，更是南方旅京清寒文人的栖身处所，各省进京应考士子、待选官员的歇脚处。当年康有为就住南海会馆，谭嗣同住浏阳会馆。民国后李大钊、陈独秀在安徽泾县会馆编《每周评论》，鲁迅住过绍兴会馆，毛泽东住过湖南会馆。这块被当时文人们亲切地称为"宣南"的地区，是京城一块宝地，浮游着郁郁葱葱的文化氤氲。如今，它早已成为北京宣武区的黄金地段。前几年为了兴建新火车站，拓宽大街，拆除两侧房屋，烈士抛掷头颅处已被深深埋在沥青路面下，供监刑官下轿休息的老药铺西鹤年堂也移到大街以北。近日来，因为要开通向南的大道，更变成喧嚣的筑路工地，推土机不住轰鸣，运土车频繁来去，行人到此处，满眼瓦砾场，从何处寻觅菜市口的旧时模样呢？

一百年风霜，一百年血泪，全在尘土飞扬中烟消雾散了吗？

这些年来，有关那场从变法到政变一百天过程的书籍和文章，连篇累牍，目不暇接；电影和电视剧更是你方唱罢我登场，热闹非凡。康有为、梁启超和谭嗣同等殉难六君子，袁世凯、荣禄，特别是光绪帝、珍妃和慈禧太后，一百年前那些风云人物，像走马灯似的在当代读者和观众前不断闪现，涌成文学、戏剧、电影、电视"清宫热"浪潮中一个具有悲壮色彩的亮点，也引起几许慨叹，几许沉思。

纷纷扰扰中，我的眼前总浮起那位来自湖南的青年书生谭嗣同的身影，耳边也总响起他那浓重的浏阳乡音。谭嗣同于 9 月 23 日被捕，五天后就义。梁启超记叙了他这位知心好友最后的心曲，那句掷地可作金石声的誓言，传诵了一百年：

> ……被逮之前一日，日本志士数辈苦劝君东游，君不听，再四强之，君曰："各国变法无不从流血而成，今中国未闻有因变法而流血者，此国之所以不昌也。有之，请自嗣同始。"卒不去，故及于难。君自系狱，题一诗于狱壁曰：

望门投宿思张俭，忍死须臾待杜根。我自横刀向天笑，去留肝胆两昆仑。（《戊戌政变记·谭嗣同传》）

浏阳烈士的两句遗言，确是颠扑不破的真理。变法、改革、革命，一切改变旧制度、旧观念，一切改造旧社会、旧世界的行动，"无不从流血而成"。谭嗣同目睹时艰，自鸦片战争、甲午战争以后，东西方帝国主义者步步侵犯，得寸进尺；清朝廷腐朽昏庸，因循守旧，苟且图存，生机已尽，他才甘愿以自己的流血牺牲唤起沉睡的民族。千百年来，那些以天下为己任，忧国忧民，临大节而不辱，杀身成仁，舍生取义的忠义节烈之士，从来都被后来者奉为最高的楷模。他们身无寸铁，手无缚鸡之力，有的只是满腔碧血，一片丹心。但是为了变法、改革，为了革命，他们上下求索，万里奔波，披荆斩棘，含辛茹苦，为国家民族耗尽毕生心血，直到最后一息，有的更是慷慨赴义，从容就死。

这样的仁人志士，一百年来实在是太多太多了。19世纪末叶是风云际会、英豪辈出的年代。不说远的，单说那最后十年的90年代中，在中国近代革命史页上，就出生了刘伯承（1892）、毛泽东（1893）、邓中夏（1894）、恽代英（1895）、邓演达（1895）、彭湃（1896）、叶挺（1896）、陈潭秋（1896）、王若飞（1896）、贺龙（1896）、叶剑英（1897）这样一大批领袖人物。而在谭嗣同血溅菜市口同一年的1898年中，先后就有周恩来出生于江苏淮安，刘少奇出生于湖南宁乡，张太雷出生于江苏常州，项英出生于湖北武昌，彭德怀出生于离谭家乡浏阳不过八十公里的湘潭。还有在下一年（1899）出生的瞿秋白、李立三、聂荣臻。今年，我们都已经或者将要为他们的百年诞辰寄托深深的缅怀和哀思。等到历史车轮进入20世纪初，那就更多更多，宛若繁星闪烁了。

这些谭嗣同的后辈，降生在时代的愁云惨雾中，不知是不是由于菜市口街头鲜血的感召，都是少年时代就胸怀大志，以身许国，要将自己青春的才华、智慧和精力，献给灾难深重的中华民族。他们功勋卓著，泽及人民，有的人战斗一生，坎坷一生，到老来还不免横遭种种猜忌、委屈、诬陷以至残害。他们那伟大的精神和崇高品格，必然激励后来者义无反顾，勇往直前，面临重重艰难险阻而无惧色。这正是我们这个民族的精魂所在。

中国近代启蒙思想家严复，当时寄居宣南福建会馆，他几乎目击了菜市口的惨剧，震愕哀伤之余，在秋风秋雨中冷静下来，为六位烈士写了悼诗：

> 求治翻为罪，明时误爱才。
> 伏尸名士贱，称疾诏书哀。
> 燕市天如晦，宣南雨又来。
> 临河鸣犊叹，莫遣寸心灰。

（《愈懋堂诗集》）

诗写得感慨遥深，充溢着诗人的愤懑和忧伤。前四句表达了他对百日维新运动的成败和评价。末二句用了孔子的典故：在卫国不得重用的孔子，打算到晋国去投奔当政的赵简子，风尘仆仆到黄河边，听到赵简子杀了贤大夫窦鸣犊的消息，顿时吃了一惊，临河而叹曰："美哉水，洋洋乎！丘之不济此，命也夫！"他认为赵简子未得志时，依靠窦鸣犊等帮助夺得权力，掌握政权后就杀了他，这样的形势下，自己到晋国去也未必有好的遭际，只好叹息命运不佳，放弃渡黄河，折回卫国。（见《史记·孔子世家》）严复将窦鸣犊比谭嗣同，并不确切，但他的重点是在末一句"莫遣寸心灰"，勉励自己千万不能为维新运动的失败而灰心，还须再接再厉，前仆后继。遥想他在福建会馆黯淡的窗下挥笔吟成这几句诗时，大约还未读到谭嗣同的题壁绝笔，但他们两位的心意似乎早已相通。严复是维新变法的鼓吹者，他发表过《论世变之亟》《原强》《救亡决论》等重要论文，抨击顽固保守，呼唤救亡图存。戊戌以后，又不遗余力地介绍当时西方的先进思想，将赫胥黎的《天演论》、亚当·斯密的《原富》和孟德斯鸠的《法意》翻译到中国来，为20世纪初的新学思潮推波助澜。作为世纪之交思想界的盗火者之一，他的功绩也是应该载入史册的。

"燕市天如晦，宣南雨又来。"一百年前的严复，以他睿智的眼光，预见到变法和改革事业"风雨如晦，鸡鸣不已"的艰辛前途，也预见到光明的远景，不管雨有多大，必定有云开日出的时候。十三年之后的武昌起义，终于摧毁清朝廷的宝座，从此结束了漫长的封建专制王朝。再过八年，北京爆发了五四运动，掀开中国现代革命的新史页，神州大地上迎来崭新的局面。又过了三十年，天翻地覆，天安门前升起五星红旗，前文提到许多谭嗣同的湖南同乡后辈，都是中华民族优秀的儿女，也是这一连串改天换地的伟大而持久的变革中叱咤风云、屠龙缚虎的猛士……

1998 年

金沙江那万古涛声

皎平渡口的金沙江涛声，天崩地裂，山鸣谷应，震响了千万年。涛声里有我在云南的一段特殊经历，虽然只有短短两天，却在我平凡的生命史上记下毕生难忘的一页。

1975年10月，正值中国工农红军长征胜利四十周年，《人民日报》的潘非老同志立即积极调集力量，认真制订计划，准备版面，首先是组成几个小组，分别去云南、贵州、四川和陕甘宁，沿红军长征路线突击采访，最后把素材集中起来，合作写成一篇长的通讯。潘非要我参加长征路线采访，还指定最后那篇长文章由我写通稿。我和沈阳军区来的胡世宗两人组成去云南、贵州小组。世宗当时正作为"工农兵通讯员"在报社文艺部实习，接受这项任务也很高兴。我们两人立即学习红军长征史，翻阅资料，买到机票后，就直飞昆明。

昆明军区政治部看了介绍信，安排我们住军区大院招待所九号楼。两天后的清晨，军区政治部派一位王干事陪同，乘吉普车到昆明以北楚雄彝族自治州的禄劝县，从那里再去金沙江红军渡口。禄劝县革委会已经接到通知，县人武部一位杨科长正等着为我们带路。吉普车又开了一段，进入山区的皎西公社，杨科长下车安排司机和车子在这里歇下，领我们沿小路上山。

林间山路上下蜿蜒，崎岖曲折。我们一听杨科长说这就是四

131

十年前红军去金沙江渡口走的路，顿时涌起一阵庄严肃穆的激情。仿佛大队红军就在前面不远，我们是急着追上去的掉队人。云南9月，天气并不凉爽，走不多久，全身冒汗，但是想到主力队伍就在前边，哪敢松懈，跟在杨科长后边紧往前走，好像走慢了就会被追截的白军赶上。杨科长是彝族干部，朴实平和，开始时有点拘谨，看我们两个从北京来，又有军区政治部的人陪着，来头不小，所以不多说话。走着走着，交谈多了，就活泼起来，谈起红军长征，更觉得亲切。这里是彝族聚居区，路过小村寨，他都用彝族话问路，同老乡随便谈几句，似乎都是熟人。

日头快到当中，前面快到杉栎镇。杨科长回过头叫我们慢慢走，他先去准备些饭。说话间，在前面路上消失了背影。等我们气喘吁吁地赶到，一小桶米饭和几碟素菜已摆在桌上。杨科长在路边随手拔了一株细竹，又在院子里用镰刀削成两根小竹杖，递给世宗和我。这根一米长的小竹杖，虽然简陋粗糙，却是来自红军长征路上的纪念品，我靠它翻山越岭一直走到金沙江边，又带到昆明、贵阳、遵义，带回北京，一直珍藏到现在。

山路荒凉冷僻，很少遇到行人，当年红军行军时可能也是这样。天黑时来到一个村寨，杨科长找到大队负责人，将我和世宗安排在一户老乡家借宿。上了高高的木楼，才发现只有我们两人，主人可能避到邻家，真不好意思。杨科长端来一盆热水，说："走了一天，你们都累了，早点休息吧，明天一早还要赶路哩！"我们不及多说感谢的话，匆匆洗了脚，倒头便睡。

第二天清晨曙色朦胧，继续赶路。山高林密，走了好久才见到浓荫空隙中漏下几道阳光。一路上除了山风飒飒，几乎没有其他声响。四十年前红军经过时，也是这般寂静吗？

转过山崖，突然迎面传来一阵阵巨大的声响，如狂风骤起，山岳崩颓；又如千军呐喊，万马奔腾，但是定睛四望，除了同对面山峦之间出现一片开阔的空间以外，并无其他异样。莫非前面就是此行目的地皎平渡？我和世宗不约而同地呼喊：这是金沙江的声音！皎平渡到了！杨科长朝我们笑笑，平静地说："别着急，还有五六里哩！"

几十里路都走下来了，五六里自然不在话下。我们兴奋地加快步伐，迎着雷鸣般的涛声，一口气沿山路快步下山，到达皎平渡口。

长江，我们民族伟大的母亲河！我曾经乘江轮经过她中下游的川江、荆江、楚江和扬子江，领略过"两岸猿声啼不住，轻舟已过万重山"的惊险，"星垂平野阔，月涌大江流"的浩渺，"两岸青山相对出，孤帆一片日边来"的舒缓，却从不曾料到她上游云南境内的金沙江，竟是如此宏伟雄奇，气势磅礴！一条见首不见尾硕大无比的金色巨龙，从万山丛中夺路而来，奔腾着，跳跃着，咆哮着，汹涌湍急，分秒不停地又奔向前方山谷中。站在她身边，谁都不由得屏住声息，噤若寒蝉，感到自己只是一滴渺小的水珠，一个平凡的浪沫。若是胆敢去碰她一下，立时就会粉身碎骨，在滔滔激流中无影无踪！

然而，四十年前，正是英雄的中国工农红军在这里征服了她！

渡口有间木楼，杨科长朝楼上喊了几嗓子，应声下来三位老人，问明原委，就引我们走上木楼。楼板地上有几床旧被，一张破旧的矮桌，别无长物。楼外秋阳高照，涛声轰鸣，三位老船工你一言我一语，娓娓叙述四十年前的往事。张朝满、李正芳和陈玉清三位大爹，当年都是撑船送红军过江的年轻船工。我们捧着土碗，一边喝水，一边听他们回忆，仿佛重见那一幕幕关系中国共产党和中国红军命运的悲壮场面。毛泽东、周恩来、朱德、张闻天、彭德怀、刘伯承等老一辈革命家，率领百战之余的红军主力，过湘江，过乌江，四渡赤水，进入滇东北山区，甩开尾追的国民党部队，沿着荒僻的山路，直趋皎平渡口，要在这里过金沙江入四川，然后过大渡河北上，经雪山、草地，翻六盘山，进入陕甘宁边区。当年只有二十上下年纪的船工，自然不知道红军先头部队已用巧计过江攻下北岸白军据点，找到五只木船和三十多位船工。他们记得清清楚楚的是那个暮春漆黑的夜晚，突然身后满山火把通明，人声嘈杂，走下一支望不到尾的队伍。几艘渡船在江上穿梭来往，同怒潮澎湃的江流搏斗，紧张有序地将一船船红军送到对岸。几天几夜，大队红军在皎平渡上下几个渡口全部过完，不留一点痕迹。直等到殿后部队和掉队的战士伤病员也都过了江。红军送了他们银圆，千谢万谢，还特地叮嘱他们赶快避到别处去，免得白军来了遭难。三天以后，国民党军队才侦知红军从皎平渡过了金沙江，紧赶慢赶一路追到江边，红军早已隐没在对岸川南丛山中。他们什么也没有找到，总算在江边拾到一只烂草鞋，作为战利品回去邀功了。

等我们喝完水，张朝满大爹问："二位同志想不想过河去看看？"我们当然想，只是怕大爹们年老体衰，才不便张口。杨科长说不碍事，他们身体硬朗，现在仍在渡口天天划船。我们立即起身，下了木楼，走到江边。两位大爹背起大木桨，领我们上了叫"二叶子"的渡船。

金沙江滚滚浪涛，声如洪钟，不，胜过洪钟千万倍！我们不禁心惊肉跳，胆战神摇。张大爹从容解缆，划几下船便离岸。他一边推桨，一边指着岸边不远处一块平坦的大岩石说："那块石头叫龙头石。红军渡江的头一天夜里，有位长官就站在石头上指挥部队过江，站了一夜，坐都没坐一下，水也没有喝一口，直到部队过完了他才上船。后来我们才知道他叫刘伯承。"

另一位大爹接着说："听说也是刘伯承下的命令，叫每一支过江的红军部队都留下一点粮食给我们，保证我们吃饱肚子划船。"

自从那次离开昆明以后，二十五年没有再去过云南，也不知道以后还有没有机会。彩云之南的那片神奇美丽的土地，常常让我魂牵梦绕。但是我想，即使没有去过苍山洱海，没有去过腾冲瑞丽，没有去过西双版纳，没有去过丽江澜沧江，只要耳边常常震响金沙江的涛声，常常记住皎平渡之旅，记住渡口的老船工质朴的笑容和偶然路遇的彝族小姑娘那双忧伤的眼睛，也可以不虚此生了。

2000 年

孤舟一系故园心

高雄的雨夜是迷人的景观。大街上灯火辉煌，霓虹闪烁，细密的雨帘挟着不断变幻的色彩，如同一群奇异的小精灵对你顽皮地眨着眼，诱惑你随他们去到身后迷离恍惚的世界。

晚宴结束，主人建议驱车去看看夜市和港口，说是让我们离开台湾前夜再增加点新鲜印象。这个建议很吸引人，但我还是婉言谢绝，径自回旅馆去。我仍然沉醉在晚宴上那一片浓烈的友情和乡情编织成的氛围中，甚至有点喘不过气来，虽然我喝的酒并不多。

今晚来相聚的朋友不少。据主人高雄文艺协会理事长周啸红先生说，今天下午他们恰好举行理监事会，会开完，就直接来参加欢迎宴会。我们一到，还没有来得及看清楚，顿时就被一阵温暖亲切的握手问好包围。坐定下来寒暄，很快发现他们的谈话中多多少少都带着各自的乡音，山东的，河南的，安徽的，江浙的，四川的，还有东北的，一个个虽是少小离家老大未回，乡音无改鬓毛先衰，却并无伤感意味，都显得高高兴兴，谈笑风生。

台湾有这么一批中老年作家，他们大多是 1948 年、1949 年先后从大陆渡海来台湾，或者是军政人员的后代。其中不少原先可能是军界中人，五十多年前由大陆移居台湾澎湖地区，本来就爱耍笔杆，被称为军旅作家。他们退伍后，不少人转入商界谋职，奋斗若干年后，筹资合股或者独立开办工厂、公司；有的人进入文化教育界，当教师、编辑。天长日久，总有满腹心思要宣泄，于是动笔写散文，写诗，写小说，写杂文、随笔，渐渐地形成台湾文学界一个人数不少的群体。那时，他们的作品里，总是荡漾着浓郁的乡思乡情。远离故乡的天涯游子，年年月月深情怀念家乡的山川风物和故里的亲人师友。"丛菊两开他日泪，孤舟一系故园心"，杜甫晚年在夔州所作诗句可以作为他们的写照。故园的灯火楼台、竹篱茅舍，寻常巷陌、村风童趣，都成为咀嚼不尽、回味无穷的题材。今年春天，台湾作家白先勇来北京相晤，闲谈中说起有一次去上海看昆剧，演出后剧团朋友邀他到汾阳路附近一处餐厅吃夜宵。进得门去，他感到那楼台、回廊、门窗似曾相识，细细一想，原来是他家当年在上海的旧居。于是宾主都很欣然，夜宵吃得分外高兴，他还为此写了一篇散文，很有兴趣地记下这件意外"回家"的小故事。大陆的读者，最早读得多的大约也是这类作品。二十年前，由林海音女士的小说改编的电影《城南旧事》，一上银幕立即风靡全国。作者虽是台湾人，但她对北京童年旧事的深情追叙真诚朴实，打动了千千万万人的心。《城南旧事》帮助我们认识了台湾同行，特别是那些同大陆有千丝万缕联系的作家，蓦然间感到亲近了许多。

就我自己来说，比较集中地接触台湾作家的作品，是十年前百花文艺出版社出版的那套由台湾散文家郭枫主编的《台湾艺术散文选》四卷。主编者以作者年龄为序，所以前两卷有相当数量中年以上的大陆籍作家。梁实秋、台静农、钱歌川等老一辈作家的怀人忆旧文章，写的都是去台湾前的旧事；罗兰的《写给秋天》《荒村的灯光》，张秀亚的《父与女》《竹》，何欣的《朱自清——一位最诚恳的教师》，子敏的《雨》，季薇的《淡紫的秋》，王鼎钧的《告诉你》《地图》，郭枫的《蝉声》《故乡的树》，尉天璁的《回游族》……都让我们跟着作者的笔走回往昔的岁月，也谛听了他们心灵的悸动。读萧白的《昨日更鼓》，那凄清的情愫在心中郁结好久，回荡不去。作者在 20 世纪 70 年代初的一个冬天，回想三十多年前烽火连天时代故乡浙东若耶溪畔小城的往事，追忆战火中厮守在一处小楼上静听更鼓声声的青春伙伴。日本侵略者的炮声逼近了，伙伴分手了。作者写着："在无奈中走向四散。四散的结果是彼此不知所终……这将是如何说法呢？我所知的似乎只有自己。这自己自然不是当年的自己了。这个属于我的自己，通常只有回头，像今夜，在过去了许多年之后的今夜，一个很冷的今夜，我又怀想这些，你是否也有类似的怀想呢？能不想更好，正如更鼓已断——断在昨日。"往昔的更鼓戛然中断，留给作者的是"此情可待成追忆，只是当时已惘然"的无奈和惆怅。

不过，这大约是二三十年或更早一些时候的情况了。到了 20 世纪 80 年代，就有了变化。一是大陆实行改革开放政策，打开门户；二是台湾当局放宽了一些限制，取消了一些禁令。于是，两岸开始有了往来，台湾人士回大陆探亲寻根成了一股汹涌的潮流，谁也遏止不住。几天前在台北的一次午宴上，也遇到多位家在大陆、去台已有几十年的作家。讲起在大陆的故园，就不再有多少凄凉情绪。问起来，大多说已回去过两三次或四五次，平时也常有鱼雁往来。虽然感到还有憾然的是不能直接飞来飞去，即使到一海之隔的厦门、泉州、漳州和福州，也还要去香港换飞机，两三小时的路程却不得不延长到十几小时甚至一天一夜，但毕竟不同于过去的咫尺天涯可望而不可即了。我的邻座是年已八十高龄的罗兰女士，她 20 世纪 40 年代后期从天津来台湾，在广播电台主持音乐节目，推广普通话多年，创作散文、随笔、小说多部。我送她一套泥塑"八仙过海"。我说这未必是你们天津泥人张的作品，给孙辈留着玩吧。老大姐摩挲再三，点点头说："我给孩子们说过八仙过海的故事，他们从来没有见到过，这下可好了，让他们看看八仙是什么模样。"

今晚在高雄，大家开怀畅饮，纵情畅谈，话题就自然从对故园的思念谈得更远。有位朋友说，我对邓小平先生最佩服的就是他提倡改革开放，我们才有机会回大陆看望老家。周啸红先生和我是同乡，满嘴扬州口音。抗日战争胜利前后我家在扬州住了四五年，我自己单身在上海，有几次回扬州探亲。我问周先生可曾在省立扬州中学读过。他说不曾在扬中就读过，那时还小，但是他还记得瘦西湖和福运门船码头。这些年他已回扬州好几次，早已圆了几十年的故园梦。

酒过三巡，菜过五味，我忽然明白为什么主人今晚要在这家"老正兴"饭庄设宴。店名是上海老字号，菜肴都是沪宁淮扬菜系的名菜。看来他们都是这儿的熟客，常到饭桌上来过把瘾。于是，叶辛、徐乃翔、赵遐秋和我这些从江南来的人，也恍惚置身于上海"老正兴"店堂中了。那位原籍也是江苏的老板来打招呼时，我问："你这一味蜜汁火腿，是不是五十年前南京鼓楼那家老字号里传下来的？这个菜现在很少吃到了。"其实南京鼓楼的蜜汁火腿，我从未尝过，只是在别人的文章里看到过罢了。"老正兴"的菜肴，肯定会引起众多食客们亲切的记忆。

月明月暗，潮涨潮落，山也罢，水也罢，蜜汁火腿也罢，棒子面贴饼也罢，都已随风而去，烟消云散了。他们在台湾毕竟已经生活了五十年，衣于斯，食于斯，浮沉荣辱于斯，哀乐歌哭于斯，成家立业、生儿育女于斯，台湾早已成为他们的第二故园。他们的笔墨，就不能总是蘸着怀乡念旧的泪水，抒写无休无止的旧梦，而必得注目于周围的一切了。老兵们的生活和他们的喜怒哀乐，也都有新的经历、新的内容，再不是五十年前的模样。如今信息便捷，传播媒体发达，他们对家乡消息的了解，有时比我们在大陆的人还多还快。他们问起大陆近况，很多都远远超出文学以外。你会感到这些朋友身居台湾，却时刻注视着大陆。有位朋友认为大陆有三件事办得最合民意：一是希望工程，二是帮助贫穷女孩入学，三是支援贫困母亲工程，都是解决贫困农民的问题。这样的话，总使我们怦然心动，是的，毕竟我们都是同胞兄弟姊妹，都拥有一个老祖宗传下来的共同的故园。

在回旅馆的路上，我的心一直没有平静。透过车窗外的雨帘，我忽然发现：高雄的雨夜竟是如此神奇、美妙而又温馨！

2000 年

诗　歌　卷

时光老人的礼物

你把东风带给树枝，
让小鸟快活地飞上蓝天；
你把青草带给原野，
让千万朵鲜花张开笑脸；

你把阳光带给山谷，
让积雪化成淙淙的泉水；
你把细雨带给田地，
让种子闻到泥土的香味……

你把春天带给我们，
这份礼物比什么都珍贵。
人说一寸光阴一寸金，
你比黄金要贵上千万倍！

世界上再没有谁，
比你更慷慨更公正；
你把一年的大好时光，
同样地给我们每人一份。

三百六十五天，
谁也不多，谁也不少；
就看我们呀——
能不能把你安排得最好。

懒惰的人整天东荡西游，
你就从他身边悄悄溜走；
把一大堆没做完的事情，
一股脑儿丢在他的前头。

糊涂的人整天没头没脑，
你去远了他一点不知道；
人家都在使劲要赶上你，
他总是摇头说还早还早。

我们可不糊涂也不懒惰，
少先队员谁也不肯落后；
因此我们全都知道：
你的马车一去，就不再回头。

工地上成堆的器材和砖瓦，
转眼就变成工厂和高楼；
跨过河流，穿过隧道，
新的铁路每天在往前走。

在祖国的每一寸土地上，

谁都抓住你不肯放松；
只有虚度时光的人，
才会一次又一次脸红。

相信我吧，时光老人，
我们跟去年一样地热爱今年，
当每天晚上撕下一张日历，
难道能向祖国交上白卷？

今年我要叫身体更结实，
因为我是一个未来的工人；
将来下矿井，钻煤层，
难道还能常常闹病？

今年我要学会更多知识，
建设祖国什么全得靠学问；
即使饲养好一头奶牛，
没有专门的本领也不行。

时光老人呀，请你瞧一瞧，
你给我们的礼物是多么美好！
灿烂的春光一望无边，
祖国的山河到处都在等着我们。

1954 年春天，北京

为家乡画图样

来吧，来到这山顶上，
仔细地看看我们的家乡！

你们看这连绵的山岭，
多像一条青龙游向东方；
明天我们就去找寻矿石，
谁知道在那里埋着多少宝藏？
它们千年万代沉睡在地底，
等着人去帮它们见到太阳。
地下的财富数也数不清，
能不叫它们为祖国发热发光！

泉水像一匹白布挂下山来，
这是建发电站的好地方！
要叫河水听我们的命令，
别那么急急忙忙奔向海洋。
在那大车走过的路边，
电线杆会像白杨排列成行。
电线伸进家家的窗户，

到晚上每间屋里灯光明亮；
电线一直通到北京城，
毛主席也会知道我们家乡变了样。

你们看这庄稼望不到边，
肥沃的土地上一片麦浪。
为什么今年的收成这么好？
爸爸妈妈们把新农具使上。
我们是新农村的建设者，
生产本领会比爸爸妈妈更强。

那边山坡上鞭子啪啪响，
是谁在放社里的大群牛羊？
我们将来也要当饲养员，
保证要把牲口养得又肥又壮。
山坡下那片绿油油的草地，
要建成一块广阔的牧场。

啊，少年宫建立在什么地方？
看，大水池旁边最适当！
在那温软的泥土里，
再把柳树枝插上几行。
到少年宫揭幕的日子，
门外就有千条垂柳迎风飘荡。

在祖国锦绣山河的一角，
为明天的家乡画个最好的图样，

用双手把图样变成现实，
靠你，靠我，靠人民的智慧和力量。
如果不为它流尽辛勤的汗水，
再好的图样也只能是一纸幻想！

1954 年 5 月

和太阳比赛早起

当森林和大地还在沉睡，
当小鸟和白兔还在梦里，
我们离开营帐，
　　轻轻地走过它们身边。
别怕，我们不会打扰你，
　　我们是和太阳比赛早起！

我们穿过密密的森林，
　　跨过清清的溪水，
　　沿着弯弯曲曲的小路，
　　奔上高高的山巅。
你看，东方的云彩在变颜色，
是不是比不过我们，
云彩呀，你才悄悄地红了脸？

别嚷！轻点轻点！
看，太阳露出山顶了，
　　太阳露出眉毛和眼睛了，
　　太阳露出笑脸了，

太阳，跳起来，跳起来了！

花草树木一下子都睁开眼睛，
欢快地唱着歌，摇晃着手臂；
小鸟向四面八方报信：
　　太阳升起来了！
　　快起来吧，快起来，
　　迎接一个新的黎明！

我们是欢迎太阳的仪仗队，
我们走在太阳的前面，
是我们挥动着红旗，
把太阳迎接到人间；
　　看着它照遍山河田野，
　　看着它走进村庄果园，
　　看着它唤醒千家万户，
　　它的脚步多么轻盈、矫健！

啊，亲爱的伙伴们，
放开喉咙，唱起歌来吧！
让我们尽情欢呼祖国的早晨，
让我们举起双手，
迎接更加美好的一天！

　　　　　　　　　　　1954 年夏天

彩色的幻想

你可曾想潜下海底，
去采撷龙宫的红珊瑚？
你可曾想飞上月宫，
去观赏吴刚的桂花树？

你可曾想发明最快的火箭，
一眨眼就到了祖国边疆？
你可曾想制造一种新仪器，
收集起太阳光永远储藏？

当你们一想起自己的未来，
谁没有大胆神奇的向往？
当你们一想起祖国的明天，
谁没有彩色缤纷的幻想？

善于幻想的少年朋友，
我真衷心地羡慕你们：
祖国给一匹日行千里的骏马，
让你的幻想骑上它到处驰骋。

回想我念中学的年代，
根本没有什么标本和教具，
不管是生物课还是地理课，
永远是那几幅破皱的挂图。

那些挂图早就褪了颜色，
它们的年纪比我大得多；
要说到实验室和试验田，
那简直在梦里也没见过。

那时候，我们也有幻想，
幻想有一天能够求仙得道：
吹一口气，吐一道光，
把一切帝国主义强盗统统打倒。

可惜这位神仙始终没有找到，
也一直没学会怎样吐出飞剑。
如今再回头来看一看，
这个幻想也实在渺小得可怜。

要同帝国主义比赛，
不靠剑光，要靠科学。
科学，才能把不能变能，
科学，才能把幻想变成现实！

进军的号角已经吹响，

战斗的旗帜已经飘动，
善于幻想的少年朋友，
要立志登上科学的高峰！

千丈险崖不管多么峻峭，
只要有第一块石级就能攀登；
万里长途不管多么遥远，
拦不住决心要走完它的旅人。

没有一就没有二、没有三，
没有小溪就没有长江大河；
没有播种就没有收获，
没有开始就没有结果。

科学是一座神奇莫测的宝山，
它并不偏爱依靠运气的人，
只要谁有勇敢向前的决心，
它就为谁慷慨地打开大门！

如果你在困难面前低头，
那干脆回家去玩玩皮球，
你的一切美妙的打算，
到头来就落得什么都没有。

哪个中学生没有彩色的幻想？
哪个少年没有远大的胸怀？
它是一团不灭的火焰，

照耀着你走向灿烂的未来？

有幻想的人是幸福的，
他也一定能够愉快和坚强；
谁愿意做目光如鼠的人，
只是嗅着鼻子前面的一点油香！

让我借马雅可夫斯基的诗句，
献给你们向科学进军的突击队：
明天我们要痛饮大地的甘露，
把世界翻个身，像翻倒一只酒杯！

1956 年 5 月，北京